やわらかい砂のうえ

寺地はるな

祥伝社文庫

目次

最初は金色だった。群青《ぐんじょう》色、うすいクリーム色。つぎつぎと視界を行き過ぎる。緋《ひ》色はベルベットでできていて、わたしの肩の上で一度軽くはずんだのち、アスファルトの上をどこまでものびていった。小さな妖精のために用意されたレッドカーペットみたいで、状況が理解できないまま一瞬、見とれた。足元はすでに色の洪水になっている。

また降ってきた。ひらひらと白くて、雪みたいだなと思ったら、花のかたちに編まれたレースだった。

二階の窓から落ちてきた色とりどりのリボンやレースは、なぜかピンポイントでわたしの頭上に降ってきた。けっして重いものではないのに、しばらく動けなかった。

いちばん最初に落ちてきた金色のリボンの端が、半開きの窓枠にひっかかっている。もういっぽうの端はわたしのジャケットのボタンにひっかかっていた。風が吹くたび、金色のリボンはゆらゆら揺れる。蜘蛛《くも》の網にからめとられた虫の気分だ。

半開きになっていた窓が大きく開いて、誰かが姿をあらわした。逆光のせいで、どんな表情をしているのかは見えなかった。

「あら、ごめんなさい」

その声だけは、ひどくはっきりと聞こえた。年齢を重ねた女の人特有の渋みと重みのある、低くてやわらかい声だった。

「でもそうしてると花束みたいね。とってもきれい」

それが、あの人との出会いでした。衝撃的でしたね。

いつか今日のことを、誰かに向かってそう語る機会が訪れるような気がした。根拠はない。ただ漠然とそんな予感があった。

でも今はまだ、その時ではない。

「そうですか、びっくりしたでしょう」

「ええ、それはもう。いきなり上から降ってきましたから。リボンやらなんやら」

乱雑極まりない本多《ほんだ》先生の机の上にかろうじて残されている十センチ四方のスペースに、紅茶碗《わん》を置いた。

りんごのお茶の甘い香りが、本多税理士事務所の狭い部屋中に充満している。仕事で、あるいは私用でどこかに行くたび、本多先生はめずらしいお茶を買ってくる。お酒や煙草《たばこ》やお菓子などの嗜好品《しこう》をいっさい口にしない本多先生の、唯一の楽しみらしい。

りんごのお茶を買ってきたので三時に飲みましょう、と渡された紅茶は、茶葉に乾燥したりんごのチップがざっくざく混ざっていた。受け取った瞬間から漂っていた甘い香りは、お湯を注ぐといっそう濃くなった。

「ざっくざく、混ざっていましたか」

本多先生がわたしの口調を真似《まね》る。

「若い娘さんの言うことはおもしろい」

おもしろいことなど、なにひとつ言っていないのだが。

本多税理士事務所に勤めて一ヶ月ちかく経《た》つが、笑われてばかりいる。嫌な感じはしない。ばかにされているわけではないことは、ちゃんとわかるから。

紅茶碗に口をつける本多先生の口もとがきゅっとすぼまる。鼻の下に皺《しわ》がいくつも寄って、ああやっぱりおじいさんなんだなあ、と失礼極まりない感想を持った。

駒田万智子《こまだまちこ》さん、ですね。面接を受けに来たわたしの履歴書の名前を、本多先生はけっこうな大声で読み上げた。本多先生の口から発せられた「コマダマチコ」はなぜか、回文じゃないのに回文みたいに聞こえた。今までこの名を背負って生きてきて、一度もそう感じたことなどなかったのに。

二十四歳ですか。年齢の欄に目をやって、ちょうど私と五十歳違うんですねえと顎《あご》を撫《な》でた。

ここでのわたしの仕事は税理士である本多先生の補助だ。領収書を整理したり、渡された資料を元に書類を作成したりする。今日みたいに、事務所のお客さんのところにおつかいに行ったりもする。

『クチュリエール・セルクル』という会社に、書類を届けてください。今朝本多先生にそう言われたのだ。上本町《うえほんまち》ってご存じですか、と訊《き》かれて、首を横に振った。

本多税理士事務所は北浜《きたはま》にある。地下鉄と近鉄を乗りついだけど、そう遠くはなかった。

上本町。大阪に出てきてから、一度も訪れたことのない街だった。改札を出て歩きながら、頭の中の地図に色を塗った。はじめての場所に足を踏み入れるたび、そうする。そうしたらもう「知らない場所」ではなくなる。

積木をぽんと置いたみたいな矩形《くけい》のビルだった。三階建てで、屋上にわさわさ木が茂っているのが見えた。両脇を背の高いビルにはさまれていて、いかにも日当たりが悪そうなのに。

約束の時間まであと三分あった。待ち合わせには約束の時間より早めに、訪問の際は時間ぴったりにと、『マナー美人の五十七箇条』という本に書いてあった。わたしが十三歳の時に病死した母の本棚にあった本だ。その内容がそのまま母の教えとなって、わたしの中に根付いている。

歩道に立ち、かばんを開いて持ってきた書類の在処《ありか》を今一度確かめ、髪がぼさぼさになっていないかと手鏡でチェックしていると、二階からレースやリボンが降ってきたのだ。

「ごめんなさいね」

落ちてきたそれらをかきあつめて二階へあがっていくと、長いスカートをはいた女の人がそれを受け取った。スカートはいかにもやわらかそうな素材でできていて、身動きするたびその裾《すそ》が空気をはらんで揺れる。

かわったスカートだなあ、と思い、そこでようやくクチュリエール・セルクルが、オーダーメイドのウェディングドレスをつくる会社であるということを思い出した。

女の人の名は円城寺《えんじようじ》了子《りようこ》という。社長である。そこまでは事前に聞かされていた。漠然と四十代ぐらいの女の人を想像していたが、実際の円城寺了子さんは七十代ぐらいに見えた。でも「おばあさん」ではなかった。

説明するのがむずかしい。今まで会ったことのある七十代ぐらいの女の人たちの誰とも違う。しいて言うなら仙女《せんにょ》だろうか。わたしのイメージでは仙女はいつも青いドレスを着ている。金のステッキからきらきらの魔法の粉をふりまく、美しい人。

「ごめんなさいね、アルバイトの人が辞めてしまったのよ」

謎の液体が注がれたグラスをわたしの前に置きながら仙女は言った。「通ってきてくれていた人」にまかせきりにしていた掃除を自分でやってみようと、ドレスの材料の入った段ボールを移動させている途中で、窓際に置いていたらしい。

「知らないあいだに傾いて、なかみが下に落ちたんやね」

はあ、と曖昧《あいまい》に頷《うなず》いて、グラスに口をつけた。薬草を煮詰めたみたいな、ふしぎな味がした。

「美容に良いの。肌がきれいになるお茶」

仙女が口にしたハーブの名を、わたしは知らなかった。味の感想を求められて、正直困った。

「飲んだことのない味がします」

ぎりぎりのところで嘘《うそ》はついていない。仙女はくっくっと肩を揺らして笑っていた。

「正直な人」

ここと、ここに、署名と捺印《なついん》をお願いします。書類を前に、ペンを差し出す。仙女はペンをとって書こうとして、ふっと眉間《みけん》に皺を寄せた。

「どうかしましたか」

ちょっとね、と言いながら、腕時計をはずす。大きな金色の輪と真珠を重ねた、ブレスレットみたいな時計だ。きれいだが、装着したままでは字が書きづらいらしい。

「あなた、ちょっと持っといてくれない？」

腕時計を差し出された。テーブルにも置いておけないような、繊細な代物なのだろうか。

「わかりました」

とっさに、ポケットからハンカチを取り出して自分の手のひらに広げた。仙女はちょっと驚いたような顔をして、腕時計をハンカチの上にのせる。華奢《きやしや》な見た目のわりにしっかりと重たくて、本ものの真珠なのだろうかとぼんやり考えていた。

「ありがとうございました」

辞去する時、仙女がすっと手をのばして、わたしの後頭部に触れた。

「まだ残ってた」

五センチぐらいの、布の切れっ端だった。素材はおそらく絹で、色は故郷の海に似ている。

「この色は、きっとあなたに似合うやろね」

そうですか、と頷いた。うれしくなかった。ピンクやクリーム色が似合うような容姿に生まれたかった。

「円城寺さんって、仙女みたいな人ですね」

りんごのお茶を飲み干した本多先生に言うと「了さん？」と目をしばたたかせた。了さん。古いつきあいなのだろうか。お客さんのことをそんなふうに呼ぶ本多先生を、はじめて見た気がする。

「そうです」

「仙女、ですか。さあ、私にはよくわかりません」

仙女に会ったことがないので、とまじめな顔で本多先生は言うが、もちろんわたしも面識はない。そもそも仙女、と言う時わたしが思い浮かべているのは、子どもの頃に読んだ『シンデレラ』の絵本に出てきた仙女の姿であって、一般的な仙女のイメージと合致するかどうかも謎だ。舞踏会に行けないシンデレラのもとにやってきて、魔法でカボチャを馬車に、ねずみを馬に変えた、あの仙女である。

「ところで駒田さん、これを入力しておいてもらえますか」

領収書やレシートがぎっしりとつまった封筒を渡された。しわくちゃだったり、茶色いしみがついていたりするそれらを、ていねいに広げて、会計ソフトに入力して、それからファイリングする。わたしはこのような雑用をこなして、日々のお給料を稼いでいる。

おさない頃のわたしにとって『シンデレラ』のクライマックスは舞踏会の場面でもガラスの靴を履く場面でもなく、仙女が魔法を披露する場面だった。なんだかすごくかっこよくて、シンデレラより仙女に憧《あこが》れてしまった。そのページだけ、何度も繰り返し読んだ。

古すぎて起動のときにへんな音がするパソコンの電源を入れながら、そんなことを思い出す。


住んでいるアパートは駅から徒歩十一分のところにある。不動産屋の物件情報には徒歩九分と記載されていたが、わたしの足ではどうがんばっても十一分だ。大阪市内より家賃が安いというだけの理由で、この街を住処《すみか》に選んだ。商店街も病院もコンパクトにまとまっていて、住みやすい。近所に菊《きく》ちゃんもいる。

今朝がたまで駅の改札の両脇に門松が飾ってあったのに、夕方の今はすでに撤去されている。構内のコンビニには、もう恵方巻《えほうまき》のポスターがはられていた。せわしないなあ、と思う。生きていくってずいぶんせわしない。

街を歩く時、いつも砂のことを思い出す。故郷の町には砂丘があった。わざわざ行くところではないという認識だったけど、他県に住んでいる親戚を案内する時やら遠足やらで、何度か足を踏み入れたことはある。

大阪の道路は舗装《ほそう》されている場所が多くて、それなのに時々、砂丘を歩く感覚がある。生まれ育ったのとは違う場所で、知り合いもほとんどいない。そんな場所で暮らすことは、やわらかい砂の上を歩くように心もとないことだ。

洗濯物をたたんでいると、スマートフォンが鳴り出した。

「まっちん、もうごはん食べた？」

「まだ」

わたしに電話をかけてくる人は少ない。どうせ菊ちゃんか父だろうと思ったら、あんのじょう菊ちゃんだった。受話口の向こうから、ざわざわがやがやした声が聞こえる。菊ちゃんはスーパーのお惣菜《そうざい》売り場で働いていて、たまにサラダ巻きとか鶏《とり》のからあげを持ってきてくれる。

週に何度か、おたがいのアパートで一緒にごはんを食べる。菊ちゃんが持ち帰る売れ残りのお惣菜とわたしが週末につくりおきするおかず（もやしのナムルとかキャベツの塩昆布和《あ》えなど、基本的にその時スーパーで安かった野菜を使ったもの。レシピはネットで調べる）は一品ずつ見るといかにも貧相だが、ぜんぶ食卓に並ぶとそれなりに見えるからふしぎだ。

あと十分ぐらいでそっち行くね、という言葉を最後に、やや唐突に電話が切られる。菊ちゃんとは高校の同級生だった。商業高校だったので、机を並べて簿記やらなんやら勉強していた。

いちばんの仲良し、というわけではなかった。硬式テニス部に入っていた菊ちゃんは一年中良い色に日焼けしていて同じ部活の子といつも一緒にいたし、わたしも自分が所属する珠算部の子たちと行動を共にしていた。当時の社交は気が合う・合わないということより、どこに属しているか、が重要視されていた。

知らない人からは「え、なに珠算部って。毎日そろばんパチパチやってたわけ?」と鼻で笑われることもあるのだが、全国の高校生が集結する珠算の競技会なんかけっこう熱いものがあった。わたしは主力選手ではなかったから、もっぱら応援にまわる側だったけれども。

菊ちゃんは大阪の大学に進んで、わたしは地元で就職した。父は「お金のことは気にするな」と言ったけれども、気にするに決まっている。中学生ぐらいの時にはもう「大学進学はしない」と決めていた。

就職したのは海産物をあつかうお店で、観光客向けのお土産《みやげ》を売る仕事だった。内容にも職場の人間関係にもとくに不満はなかったが、やはり一度ぐらい生まれ育った場所から出てみたい気もして、去年大阪に出てきた。

いきなり東京というのはちょっとこわいような気がしたし、遠すぎた。でも大阪なら、特急で二時間半ぐらいで出ていける手ごろな都会だったから。

菊ちゃんとはそのすこし前、お正月に地元のコンビニでばったり再会して連絡をとりあうようになった。わたしが大阪に出てくるのならうれしいと言ってくれて、それで決心したわけではないけど、たしかにきっかけのひとつにはなった。

もともとすごく仲が良かったわけではないし、会っていない時期も何年かある。せっかく入った大学をやめて、バイトを転々として、今スーパーのお惣菜売り場で働いている理由は知らない。高校の頃に仲の良かった子たちとはもうあんまり連絡をとっていないそうだ。他人に話したくないことがたくさんあるのかもしれない、と思ったからわたしもあれこれ質問をしないことにしている。「相手についてよく知っている」ことは、わたしにとっては友だちの絶対条件ではないから。

菊ちゃんはきっかり十分後にやってきた。いつものサラダ巻きのほかに、なぜかマグロのお刺身を一柵《さく》持っていた。

「なにそれ」

「もらった。店長のひとに」

「店長のひと」は、以前にも菊ちゃんの話に出てきた。

「前もへんなものもらってなかった？　箱ティッシュひとつだけ、みたいな感じで」

「へんじゃないし。あれ保湿力の高いやつだし」

気色《けしき》ばむところを見ると、たぶん良い上司なのだろう、「店長のひと」は。まぐろはうすく切って、漬《づ》けにすることにした。明日、山かけにして食べようねと約束を交わす。

小鍋に醤油《しょうゆ》とみりんとお酒を注いでいるわたしの手もとを、菊ちゃんがじっと見ていた。

「まっちん、料理好きだよね」

「好きじゃないよ。必要に迫られてって感じ」

母はあまり料理が好きじゃなくて、でもそれでいて、おいしいものは好きな人だった。お惣菜はたまに食べるとおいしいんだけど飽きてしまうと言って、だからしぶしぶという感じで台所に立っていた。それはわたしがごく小さい頃の話だ。わたしが小学一年生の頃に完治することの難しい病にかかっていることがわかった。

それからずっと、入退院を繰り返していた。母が死んだ時、もちろんかなしかったけれども、ほんのすこしだけほっとする気持ちもあった。「苦しい」「つらい」と、けっして言わない人だった。黙って耐える姿が、かえって痛ましかった。

もう、がまんしなくていいね、ゆっこちゃん。病院のベッドで熱をうしなっていく母の手を握ってそう声をかけた父も、同じように感じていたのかもしれない。最後の最後まで父と母は「ゆっこちゃん」「よしくん」と呼び合っていた。

「うち、お母さんいないからさ」

「ああ、前も言ってたね、そういえば」

まぐろに包丁を入れながら、菊ちゃんが興味なさげに頷く。その無関心さにほっとする。漬け用のたれを冷ましているあいだに、夕飯を食べてしまうことにした。菊ちゃんは勝手知ったる様子で、皿や箸《はし》をてきぱき並べていく。

「そういえば、同窓会の通知来てたね」

菊ちゃんに言われて、箸を持つ手が止まった。

「知らない」

「実家のほうに来てるかもよ。行く？」

「うーん……どうかな」

正直、同窓会なんて気が進まない。父が転送してくれるかもしれないが、おそらくわたしは行かない。

「わたしは行こうと思ってる」

ちょっと意外だった。昔の友だちとはあんまり会いたくないのかと思っていたのに。菊ちゃんは存外屈託のない様子で「だって杉江《すぎえ》くんが来るかもしれないし」と身をくねらせる。

杉江はサッカー部の男子で、様子が良かった。とびきりかっこいいとかそういうわけではないが、おおいにもてていた。

「菊ちゃん、杉江くんのこと好きだったの？」

「そこまでじゃないけどさ。まあ、アイドル的存在だったから、意識はしてたよ」

アイドル。よく嚙《か》まずに飲みこんだサラダ巻きが、胃の中で石みたいに重たくなる。掃除の時間に、杉江が廊下《ろうか》を行き過ぎる女子生徒の容姿を採点していたことを思い出す。やまもとさんは足が太いから五十点。ゆかちゃんは七十四点。

さんじゅうにてーん、はちじゅってーん。採点の声は無邪気に、容赦《ようしゃ》なく、教室に響きわたり、周囲を取りかこむ男子の笑い声はすこしずつ大きくなった。彼らの目に触れたくなくて、ベランダで身を縮めていた。点数をつけられることなど、とてもがまんならなかった。低くても嫌だし、わたしが高得点を叩《たた》き出せる容姿の持ち主だったとしても嫌だ。その行為そのものが耐えられなかった。

「杉江くんじゃなくてもいいけどさー、同窓会がきっかけでつきあいはじめました、みたいな話よく聞くでしょ。出会いが欲しいの」

「出会い」

「あのスーパー、そういうのぜんぜんないんだもん。皆無」

一度、菊ちゃんのアパートに男ものの腕時計があった。じっと見ていると菊ちゃんが「それ、忘れもの」とかすかに顎を浮かせた。トロフィーを飾るみたいにテレビの脇に置かれていた、あのごつい銀色の腕時計。つぎに行った時にはもうなかったけど、あの持ち主は菊ちゃんの恋人ではないのだろうか。

「まっちんは職場で出会いとかないの」

「ないよ。あのねえ、おじいさんがひとりでやってる事務所なんだよ」

「でも彼氏は欲しいでしょ」

それは、と言葉につまると、菊ちゃんはふふんと笑った。やっぱ欲しいんじゃない、みたいに。

漫画や小説や映画などの、子どもの頃からわたしが目にしてきたフィクションは、あたりまえに「人は恋をする生きもの」であることを前提にしていた。すくなくともわたしにはそんなふうに感じられた。

恋愛なんかしなくても趣味などのためだけに生きていける、という人もいる。でもやはり少数派であって、少数派としての苦労も多いようだった。わたしは、どうだろう。生まれてから今まで、一度も恋人がいたことはないけど、それについてなにか確固たるポリシーがあったわけでもない。

菊ちゃんは出会いが欲しいから同窓会に行くと言うけれども、同窓会にはたぶんわたしがさがしている人はいないだろう。

母の葬儀で、父は「自分の半分をうしなった」と言った。妻と自分は、ふたりでひとつの完全なかたちだった、でももう、そのかたちは欠けてしまった、これからの自分は、半分欠けたいびつなかたちのまま残りの人生を生きていく。それは、喪主の挨拶としては異例の内容だったように思う。父もほんとうは、そんな挨拶をするつもりはなかったそうだ。気がついたらあふれでていたと後日聞かされた。

恋なんかしなくても生きていける。でも父と母のように、自分の半分、と思えるような相手に出会えたらとてつもなく心強いだろう。どんな街の、どんな道を歩いていても、もうやわらかい砂を踏むような心もとなさなんて、きっと感じなくなる。手を繋《つな》いでくれる誰かがいれば。

男の人がなんとなくこわい、と一度言ったら、菊ちゃんに心配された。なにかこわいことされた？　痛い思いした？　と。

暴力をふるわれたことはない。痴漢にあったとかそういう経験も、幸運にもない。でも、みんな口には出さなくても杉江みたいなことを考えているのかもしれないと思うとこわいのだ。女の外見を勝手に採点して、失望したり今後とるべき態度を決定したりしているのではないかと身構えてしまう。

「考え過ぎだってば」

ていうか、まっちんだってかっこいい人に会ったらふつうに「すてきー」って思うでしょ、それと一緒だよ、と菊ちゃんが言うのもわかるのだが、やっぱりわたしは他人にがっかりされたくない。

がっかりするとはかぎらないでしょ、と菊ちゃんは呆《あき》れるけども、するに決まっている。だってわたしはまず美人じゃない。骨格ががっしりしていて「華奢」とか「曲線」という単語とは無縁の身体《からだ》つきをしている。パステルカラーもフリルもレースも、まるで似合わない。

「ひなぎくが咲いている」

十六歳の父は、通学列車の中で母をはじめて見かけた時、そう思ったという。ひなぎくのように可憐《かれん》な少女であると感じたと、おおまじめな顔でわたしに話して聞かせた。じつは今でもそう思っていると、そのあとに続いた言葉はいくぶん小声だった。ひなぎくのように可憐な母は絶対的な美の基準であり、そしてわたしは母にはまったく似ていない。

「今朝は昨日より冷えますね」

背中を丸めて、本多先生が事務所に入ってくる。びっくりしてぞうきんを落としそうになった。

「すぐ閉めますから」

掃除機をかけるために、窓を全開にしていた。本多先生は、いつもはこんな時間には出勤してこない。

「毎朝、掃除をしているんですか」

「はい。……あ、前の事務所がそういうルールだったので」

先月まで勤めていた職場は、もっと大きかった。ひとつのフロアを税理士とか土地家屋調査士とか社会保険労務士とか司法書士の人が共同で使っていて、それぞれの仕事をしたり、時にはタッグを組んだりしてきぱき働いていた。そこで手伝った税務関係の仕事が興味深くて、わたしもくわしく勉強してみたくなったのだ。

大学に行っていないわたしには今は税理士試験の受験資格がないけど、「実務経験二年以上」という条件をクリアすれば、受験も可能になる。実務経験を積みながら勉強をするには独学ではなく夜間のスクールに通うほうが確実だと、相談したみつこさんという先輩から教わった。パート主婦のみつこさんと一緒に働いた期間は長くはなかったけど、ほんとうにいろんなことを教えてもらった。

雇用保険の教育訓練給付制度というのを利用すればすこしはお金がもらえるとか、Aというスクールがおすすめだが B は受講料が安いとか、そういったことはすべてみつこさんがいなければ知り得なかった情報だと思う。

前の事務所を辞めることになった時に本多先生の事務所を紹介してくれたのも、みつこさんだった。

「昨日、みつこが家に来ましてね。駒田さんが元気かどうか心配していました」

脱いだコートをハンガーにかけながら、本多先生がこちらを振り返る。みつこさんは、本多先生のひとり娘なのだった。

辞める時にすくなからず迷惑もかけたし、再就職先まで紹介してもらうなんて甘え過ぎだと思ったけど、みつこさんは「父の事務所は小さいけど、勉強しながら働くんならちょうど良くないかな。いずれスクールに通うんやろ？　時間とか、休みとか、いろいろ便宜をはかってくれるはず。わたしも父のところにあなたみたいな子がいたら安心やし。ね、ね、そうして」と熱心だった。

あの時、甘えておいてよかった。前の事務所は仕事が多いぶんみんなピリピリしていて、しょっちゅう罵声《ばせい》や怒号が飛びかっていた。定時をオーバーすることも多かったのに、オーバーしたぶんの時給は払ってもらえない、みたいなこともしょっちゅうだった。

本多先生はおだやかだし、サービス残業なんてもってのほか、という人だから、ほんとうに働きやすい。

「みつこさんはお元気ですか」

「ええ、あいかわらず」

高校生の息子と中学生の娘がいるみつこさん。声が大きくて、面倒見の良い、元気な人。奥さんと死別したあとずっとひとり暮らしをしているお父さんのことを、いつも心配している。父は人に頼るのがへたやから、なんでも自分で抱えこもうとするのよ、と眉根を寄せる。わたしをここに送りこんだのは、本多先生のためでもあるらしい。

「ところで、駒田さん。お話があります」

給湯室に入ろうとしたわたしを、本多先生が呼びとめる。まごついているうちに、本多先生は「お茶は私が淹《い》れましょう、ここに座って」と給湯室に消えていく。

応接セットの、クッション部分がすりきれたソファーに所在なく座っていると、茉莉花《ジャスミン》の香りが強く漂った。

あまり好きなタイプのお茶ではないのだが、いたしかたない。

「駒田さんがここに来てから、ちょうど一ヶ月ぐらいになりますかね」

「そうですね」

「あなたは仕事がとてもていねいです。みつこはいい人を紹介してくれたと思っていたのですが」

「が」で区切るあたり、どうやらよくない話のようだ。なんと続くのだろう。思っていたのですが、私はやっぱりひとりでやるのが性《しょう》に合っているようです、辞めてください、とか？

「了さんから、電話がありましてね、昨日」

「……はあ」

クレームだろうか。なにか問題でもあったのだろうか。心の中で仙女と呼んでいたのがばれたのだろうか。もしかして自分でも気づかないうちに、うっかり口走っていたのだろうか。悪い意味ではなかったが、失礼だったかもしれない。

「週に二日か、三日だけでいいから、駒田さんに手伝いに来てほしいと。もちろん、うちの事務所の仕事にさしつかえのない範囲で」

「手伝い？　ですか？」

クチュリエール・セルクルは、オーダーメイドのウェディングドレスサロンだ。あの仙女みたいな雰囲気の社長が、デザインから縫製までほぼひとりでおこなっていると聞いた。なぜわたしがその「手伝い」をするのか。

「いや、お客さんにお茶を出すとか、ちょっとした書類の整理とか、そういうことだと思いますが」

「なんで、わたしなのでしょうか」

駒田さんが気に入ったそうです。茉莉花茶をひとくち飲んで、本多先生が微笑《ほほえ》む。眉が下がって、やさしげな顔になった。


「それで、行きますって返事したわけ？」

受話口の向こうから、菊ちゃんの声が聞こえる。アパートに帰ったと同時に電話がかかってきた。マグロの漬けを食べにくる予定だったのに、用事ができて行けないからひとりで食べてくれと言う。例の、腕時計の人と会うのかもしれない。

「うん。本多先生のとこは土日休みだから、金曜の夕方と土日でね」

「それだとまっちん、一日も休みなくない？」

「貧乏暇なしだよ」

お金はあればあるほど良い。週七日働いたって、大金持ちになれるわけではないんだけど。かつかつで生活しているのは菊ちゃんも同じなので、まあねえ、と呟《つぶや》いたきり、黙りこんでしまう。

「ウェディングドレスかあ」

まっちんには似合わないな、とか思われているのかもしれない。でも、わたしが着るわけじゃないから、いいのだ。

「まあ、それならとにかく、がんばれ」

「うん、がんばる」

電話を切って、ごはんに海苔《のり》を散らして、ひと晩漬けたまぐろのお刺身を盛りつける。ガーネットみたいにつややかに、おいしく仕上がっていて、あらためてここに菊ちゃんがいないことが残念だった。

うん、がんばる。心の中でもう一度言って、大きく口をあけてごはんを食べた。しっかり食べて、しっかり働こう。

シルクにタフタにジョーゼット。オーガンジーにシフォンにサテン。くらくらしてきて、おもわずこめかみに手を当てた。ドレスの素材の名前に馴染《なじ》みがなさ過ぎて、呪文《じゅもん》みたいに聞こえる。

このあいだクチュリエール・セルクルにはじめて足を踏み入れた時、けっこう狭いな、という感想を持った。入ってすぐのところにカウンターと椅子《いす》があって、その先はドアで遮《さえぎ》られていたから、「そっけない内装だな」とも思っていたのだが、ドアの向こうには眩暈《めまい》がするほどきらびやかな世界が広がっていた。そういえばカウンターのあるスペースには窓がなかった。わたしにリボンやレースの雨を降らせた、あの窓だ。

ミシンが三台、壁に沿うようにして並べられている。微妙に形状が違うところを見ると、用途が違うのだろう。別の壁の一面は大きな鏡になっている。その奥にはまた扉があって、そこは材料を置く部屋だという。天井まで届く抽斗《ひきだし》のひとつひとつに、几帳面《きちょうめん》な手書き文字の「造花・白」「ビーズ（パール）」というようなラベルがはってあった。

「言っておくけど、縫いものの手伝いをしてほしいわけではないのよ」

仙女あらため了さんから説明された「お手伝い」の内容は、本多先生が推測したのとおおむね一致していた。書類の整理、お客さんや電話の応対、ちょっとしたおつかいなどの雑用を頼みたいという。

ほんとうは「社長」あるいは「円城寺さん」と呼びたいところだが、本人から「了と呼んでちょうだい」と言われてはしかたがない。

「そうね、仮縫いの時なんかにちょっと手を借りることぐらいはあるかもしれへんけど、なんにも難しいことはありません」

最初にとりかかったのは、郵便物だ。封筒やはがきが、四角い缶に無造作に放りこまれていた。おせんべいが入っていたような、大きな缶だ。

「郵便受けからとってきて、内容を確認するのが面倒でとりあえずそこに入れといたのよ」とのことだった。

ダイレクトメールを処分して、カードの明細や領収書は証憑《しょうひょう》書類のファイルにはりつける。うす桃色の封筒が交じっていて、個人的な手紙のようだったので開封はしなかった。

本多先生の事務所にあるような独立した給湯室はここにはなくて、簡易的な流し台がひとつあるきりだった。電気ポットが置いてあって、その脇にインスタントのコーヒーや緑茶や紅茶のティーバッグの箱が置かれている。美しいドレスを生み出す人は、飲みものについてはわりあい細かいこだわりがないようだ。

紅茶を淹れて、手紙と一緒に運んでいった。了さんはちょうどボディに着せたドレスの袖に、きらきら光るビーズを縫い留めているところだった。照明を反射して、わたしの目を射る。

「お手紙が届いてましたけど」

了さんは針を針山に戻して、うす桃色の封筒を開ける。

「ここでドレスをつくった人がね、お式の写真を送ってくれるのよ」

ほら、と見せてもらった花嫁さんの写真は、白くまぶしい。ドレスだけでなく、肌や髪、すべてが発光しているかのように。

「それはそうよ、いちばん幸せな瞬間やからね」

「いちばん幸せな瞬間、ですか」

そういうものなのだろうか。でも結婚式が「いちばん」だったら、そのあとはどうするんだろう。結婚生活はその後何十年も続くだろうに。

「『いちばん幸せ』だった瞬間を大切にして、やっていけばええのよ」

「よりどころ、みたいな感じでしょうか」

了さんは紅茶碗を持ち上げたまま、視線を宙にさまよわせる。

「よりどころ……。そんなさびしげなのじゃなく、もっと、こう……」

もっとこう、なんなのだろう。辛抱強く答えを待ったが、ようやく返ってきたのは「ポラリステキナ」というわけのわからない言葉だった。せめて何語か知りたかったのだが、紅茶を飲んだ了さんが「あら！　ほんとにおいしい！」と素《す》っ頓狂《とんきょう》な声を出したので、質問しそびれた。

「本多さんが言うてたのよ。あなたの淹れるお茶はなぜかおいしい、自分で淹れた時と味が違うって」

「ここにあった、ふつうのティーバッグの紅茶ですけど」

「いや違う、ぜんぜん違う感じがする。どうして？」

ふしぎそうな顔で、何度もカップを顔に近づける。事務所にあった契約書で確認した限りでは、本多税理士事務所とクチュリエール・セルクルが顧問契約を結んだのは六年ほど前なのだが、それ以前から知り合いだったのだろうか。本多先生が「了さん」と呼ぶたび、あるいは了さんが「本多さん」と呼ぶたび、同じ香りが漂う。実際に漂うわけではない。そんな感じがするだけだ。かつてそこに花が置かれていた、というような、かすかな残り香のようなもの。どんな花が咲いていたのかは本人たちにしかわからない、というような、秘密めいた残り香。そして秘密めいたものごとは、わたしの専門外だった。

「そういえば、十四時に人が来るのよ」

「お客さんですか？」

オーダーのドレスの打ち合わせは時間がかかるから、午前中にしか予約をいれないと今さっき言われたばかりなのだが。時計を見たら、十四時まであと三十分しかなかった。

「いいえ、違うのよ」

さて問題、と唐突にクイズがはじまった。了さんのひとさし指がぴんと伸びて、天井を指さしている。

「結婚式は一度きり。せっかくつくったドレスは、お式が終わるとどうなるでしょう」

わたしはクイズ形式の会話が得意ではないのだが、幸いなことに回答する前に了さんが喋《しゃべ》り出した。

ここでつくられるドレスには、二種類あるらしい。ひとつは買取の場合で、当然、数十万円支払うことになる。その後の保管も大変だ。

買取はできないが、思い通りのドレスをつくりたい、という人のために「オーダーレンタル」という方法がある。オーダーしたお客さんが結婚式で一度着用した後のドレスを、提携している結婚式場の貸衣装部に買い取ってもらう。お客さんは買取の場合より安い値段で自分がオーダーしたドレスを着ることができる。

「いいですね」

「でしょう？　でも、いざ完成すると惜しくなって、やっぱり買い取ります、という人もおるけど」

「そんなものですか」

結婚にまつわることすべて、わたしの頭で考えようとするとぼんやり霞《かすみ》がかかったようになる。明確な憧れも嫌悪感もないせいで、よけいに。

これから来る人は、ドレスを引き取りにくる結婚式場のスタッフだという。

「空気を入れ替えましょう」

「はい」

窓を開けたら、重苦しい空が広がっていた。灰色のウールを敷き詰めたみたいに、雲に覆われている。

ドレスが入っているという段ボールをためしに持ち上げてみたら、存外重かった。何メートルも生地を使う衣服なのだから、よく考えたらあたりまえなのだが。

十四時一分過ぎに、ビルの前に車が停《と》まった。黒いワゴン車の後ろに白抜きで「Eternity」と書かれているのは、どうやらそれが結婚式場の名前であるからしい。

「いらっしゃったみたいです」

窓から見下ろしながら、了さんに声をかけた。

運転席のドアが開き、続けてバックドアがはねあがる。ウールの雲が割れて、陽《ひ》が射しこんできた。レモン水の色をした明るい光がアスファルトに落ちる。

「結婚式場のスタッフ」は女の人だとなぜか勝手に思いこんでいた。降り立ったのは男の人だった。手ぶらで降りてきて、突然腰を屈《かが》めた。歩道になにかが落ちていたようだ。それは手のひらにのるほどのぬいぐるみだった。中高生がかばんにつけているような、かわいらしい感じの。

男の人は周囲を見回してから、ぬいぐるみをガードレールの下に置いた。数歩後ろに下がって見ている。たぶん、あとから落としものに気づいてさがしに来た人が見つけやすいかどうか確認しているのだ。わたしもなにか落としものを見つけた時にあれをやるからよくわかる。ガードレールの下に移動させるのはもちろん、踏まれたり、自転車に轢《ひ》かれたりしないようにするためだ。

男の人はそれからちょっとまぶしそうに空を見上げた。なにか楽しいことを考えていたのだろうか、唇の両端が持ち上がっている。つられて笑いかけた瞬間、ふいに男の人の視線がこっちに向いた。

わたしに気づいて、ほんのすこし恥ずかしそうに会釈《えしやく》する。ワゴン車の後ろのドアは高くはねあがったままだ。

そうだ、そうだ、ドレスを取りに来たんだ、あの人は。窓から離れて、大あわてで段ボールを持ち上げた。やっぱり重くて、手のひらに汗が滲《にじ》む。

こんにちはーと大きな声で言いながら入ってきて、わたしに気づいた。あわてた様子で駆け寄ってくる。

「僕、持ちますから」

動作の脇に「あたふた」という文字が浮かび上がりそうな、そんな狼狽《ろうばい》ぶりで、わたしから段ボールを奪う。

「すみません、重かったでしょう」

口を開くと、きれいに整列した白い歯がのぞく。わあ、と声に出して言いそうになる。

「これぐらい持てます」

前の事務所では「力持ち」とか「強い」とか、よく言われていた。コピー用紙やペットボトルのお茶のケースが届いた時に運ぶのは、いつもわたしの役目だった。

「女の人にそんな」

かっと頰《ほお》が熱くなる。女だから弱いと決めつけられるなんて。

「同じ重さの荷物を持つのが平等なわけじゃないですよ」

男の人が段ボールを抱え直して、微笑んだ。心の中を見透かされた気がした。

「それでも、嫌なんです」

強い口調になってしまった。男の人は黙りこむ。へんな女だ、と思われているに違いない。

「わかりますよ」

男の人が頷き、わたしは一瞬意味がわからなかった。

「え」

「一方的に守られる側にいるのは嫌だってことですよね、わかります」

すごくいろんなことをちゃんと考えてるんですね、と感心したように言われて、ますます頬が熱くなった。わかってもらえた。すごい。男の人なのに、ちゃんとわかってくれた。

わたしが言いたくて、でもうまく言葉にできなかったことを、わかりやすい表現で言ってくれた。

「この人、早田《はやた》さんよ」

いつのまにか了さんがわたしのすぐ後ろに立っていて、飛び上がりそうになる。

「新しいバイトのかたですか？」

「そう。駒田万智子さん」

こまだまちこさん、と繰り返して、早田さんは何度も頷く。書類にサインしてあげてね、と言い残して、了さんは作業部屋に消えた。

「いったん、車に積んでしまいますね」

そう言う早田さんに続いて、階段を下りた。なにか手伝うことがあるだろうか。段ボールをおろす時の早田さんの動作は、ひどく慎重だった。なにか繊細な生きものをあつかうかのように、音を立てずにそっと車に積む。ドアを閉める時も力任せではなかった。

早田さんはこちらに背を向けている。だからわたしはその短く切りそろえた襟足《えりあし》の清潔そうな感じや意外なほど広い背中を、ずいぶん長いあいだ観察することができた。

「じゃあ、サインを」

ああ、はい。振り返った早田さんが差し出した書類とペンを受け取りながら、思わずその手に見入った。びっくりするほど指が長い。

どこもかしこもきれいな男の人だった。いわゆる美形、というのとはまったく違う。でも、きれいだ。草原を駆けるガゼルとか、空に向かってまっすぐに伸びた竹だとか、そんなものを連想させる。

「どうかしましたか?」

微笑みながら書類を受けとる左手の薬指に、銀色の指輪が嵌《はま》っていた。なんでもないです、すみません、と視線を逸《そ》らす。

アパートに帰ったら、ドアの隙間に宅配便の不在票がはさまっていた。乱雑な字で記された、送り主である父の名を数秒眺めたのち、テーブルに置く。

ふた月に一度の頻度で、父はこまごまとしたものを送ってくる。レトルトカレーとか、緑黄色野菜のサプリメントとか、どこでも買えるようなものを。

ポケットから鍵を取り出すと、つめたかった。鍵穴をさがすわたしの指も、同様に冷えている。たぶんベランダの洗濯ものも。

大急ぎで洗濯ものを取りこみながら暗い空を見上げた時、昼間了さんが言った「ポラリステキナ」という謎の単語が「ポラリス的な」に変換された。

ポラリス。ああそうか、北極星か。「いちばん幸せ」だった瞬間を指標のようにして生きていけばいい、という意味だったのだ、たぶん。わたしにもポラリステキナものがあれば、見失わずに辿《たど》りつけるんだろうか。でも、どこに？

目を閉じると、あの写真の中で発光していた会ったことのない美しい花嫁さんの姿が、まぶたの裏で花火みたいに弾《はじ》けた。早田さんの指に嵌った銀色の指輪も。

きれいな男の人だった。それに、こわくなかった。男の人と相対した時にいつも感じる、あのよくわからない気後《きおく》れが、なぜか早田さんにたいしては発動しなかった。

でも、それだけ。声に出して言う。自分に言い聞かせるように。

「でも、それだけ」

だって、結婚している人なのだから。

アパートの他の部屋から音楽が聞こえてきた。なんという歌だったか、聞き覚えはあるけれどもタイトルは知らない。せつなくて甘い旋律にひたる感傷を、今だけ自分に許そうと思った。

風が吹いて、手すりに置いたわたしの指を冷やす。音楽はいつのまにか聞こえなくなった。

茶色くて重たいドアを開けたら、春の匂いがした。永遠という意味の名を持つこの結婚式場には広いロビーがあって、中央に設《しつら》えられたテーブルの上にピンクの花が生けられている。

「あら、桃の花」

そう言われてはじめて、そのピンクの花が桃の花なのだと知る。

古い洋館を改装したという結婚式場『Eternity』の床は飴《あめ》色をしていた。階段の踊り場のステンドグラスから光がさしこんで、床の一部が赤や黄に染められている。

「あのピンクの花は、桃の花なんですね」

「そうよ。桃の節句に、おうちに飾るでしょう？」

梅かと思ってました、という言葉をすんでのところで飲みこんだ。駒田家には桃の節句を祝う習慣がなかった。そもそも雛《ひな》人形すら存在しなかったのだ。子どものすこやかな成長を願って飾るという、例のあれ。両親がわたしのすこやかな成長を願っていなかったわけではないはずだが、そういうことには気のまわらないタイプの人たちだったのかもしれない。ついでにお金もなかった。

「ああ、雛祭り」

了さんの隣に立っていた早田さんがふっと目を細める。

「雛飾りのいちばん下の段にミニチュアの家具みたいなのがあるでしょう？　あれを使って姉たちがよくおままごとをしてました」

「まあかわいい」

「しょっちゅう、そのままごとにつきあわされてました」

早田さん以外の女性スタッフも、わたしが一度も見たことのない「ミニチュアの家具みたいなの」の存在を、ごくあたりまえに認識している様子だったので、ますます自分のうちには雛人形がなかったなどとは言えなくなった。

もしかして自分はものすごく非常識な育てられかたをしてきたのではないか、という不安を抱きつつも「早田さんには姉が複数いる」という情報を、そっと心の抽斗にしまう。

「早田さん、まだお若いでしょう？」

「いや、もう二十七です」

「まだ二十七！」

早田さんと了さんが会話する横で、わたしは目を伏せている。二十七歳。その情報をまた抽斗に入れる。しまいこんでどうするつもりなのか、自分でもよくわからない。いつかこっそり取り出して眺めるつもりなんだろうか。

ドアが開いて、五十代ぐらいの女性が顔をのぞかせる。

「早田！」

えらい人なのだろうか。眉間に深い皺を刻んで、早田さんを睨《にら》みつけている。

早田さんがそちらにすっ飛んでいった。どうしたんだろうと思ったけど、ドアが閉まってしまったので彼らがなにを話しているのかはわからない。なにかトラブルでも起こったのかもしれない。

今日は了さんのお供でここに来た。さきほど早田さんとともにわたしたちを出迎えたスタッフの女性は下村《しもむら》さんというらしい。三十歳ぐらいだろうか。はきはきと歯切れよく喋るきれいな人だ。

　たくさんのドレスを前にして、下村さんと了さんはああだこうだと意見を交わしたり、写真を撮ったりしている。ウェディングドレスにも流行というものがあり、デザインが古びたものは回収して処分するか、あるいはリメイクを施すという。どのドレスを残し、どのドレスに手を加えるのか、今日はそれを決めるための打ち合わせなのだ。

　ふたりは笑ったかと思えばすぐに真剣な表情になり、時には喧嘩《けんか》をしているのかと心配になるほど口調がきつくなったりもする。すこし離れたところにいるわたしにも、了さんと下村さんのあいだに漂う「有能な女同士が忌憚《きたん》なく意見を述べ合っている緊張感」がびりびりと伝わってくる。

「仕事、慣れました？」

　気がつくと、いつのまにか戻ってきた早田さんが隣に立っていた。

「ええ、まあ」

　なんらかのトラブルが、というのはわたしの勘違いだったのだろうか。早田さんはやわらかく微笑んでいて、一瞬見とれてしまった。

「税理士事務所と掛け持ちなんですよね。たいへんじゃないですか？」

「……ええ、まあ」

向こうで喋っている了さんたちに顔を向けたまま答える。わたしがそれ以上なにも言わないので、どうも早田さんは困っているようだった。ひとさし指でこめかみを掻《か》いたりして。あ、どうしよう、と焦った瞬間、下村さんが「ちょっと早田くん、こっち」と手招きした。はい、と答えて駆け寄る早田さんは、心なしかほっとしているように見える。

了さんの背後にまわりこんだ早田さんがボディを移動させたり、吊《つ》るしてあるドレスをどかしたりする、その動作を無意識に目で追ってしまう。隣に来て話しかけられたら、ほんの一瞬視線を送ることとさえできなくなるくせに。

見ないようにしなきゃ、と目を逸らした数秒後にもう見つめてしまっている。

既婚者。早田さんは既婚者なのだ。だからぜったいに好きになってはいけない相手なのだ。これ以上見ちゃいけない。その決心をわたしの目はいとも簡単に裏切る。

既婚者と交際をするのは許されないことだ。いや、でも、心の中でひっそりと憧れているだけならかまわないんじゃないか。ギリギリOKではないだろうか。そう思いかけて、否《いな》、と首を振った。否、否、まったくもって否である。憧れなどというきれいな言葉で自分の心をごまかすのは、罪を犯すことよりずるい。ごまかしダメ。ゼッタイ。

などと考えているうちに、打ち合わせはいつのまにか終了していたらしい。「帰りますよ、万智子さん」と了さんに肩を叩かれた。不意をつかれてびくっと肩を震わせるわたしを見て、下村さんがふふっという笑い声を漏らす。

今、確実にわたしは「できない子」だと思われた。そうに違いない。たぶん早田さんからも。

たまらない気持ちでうつむきながら、了さんのかばんを抱える。

外に出るなり、了さんが鼻をひくつかせた。

「春の匂いがするねえ」

「さっきあそこにあった花の匂いですね」

ちがう、と首を振って、了さんが唇の両端を持ち上げる。犬みたいにわたしの肩に鼻先を寄せて。

「あなたから漂ってきてる」

わたしは香水の類《たぐ》いをいっさいつけない。袖や髪の匂いを確かめたが、やっぱりよくわからない。

「万智子さん、あなた今、春なんやね」

はるなのね〜。みょうな節をつけて歌いながら歩いていく了さんの後ろをついていく。

よく「膝が痛い」とこぼしているせいか、その歩みはひどくのろいが、いつかこの人にたいしていろんな意味で「ついていけない」と思う日が来るような気がする。

クチュリエール・セルクルの手伝いは週末限定のバイトなのだが、その勤務時間はまちまちだ。やることがなければ昼過ぎにもうあがっていいよと家に帰されるし、たまった雑用が多ければ、すこし遅くまで残る。休みがないのはつらいけれども、収入が増えるのはありがたい。

「万智子さん、今日はサロンにはもう戻らへんことにするわ」

時刻は十九時を過ぎたところだった。

もう帰っていい、という意味かと勝手に思っていたら、先を歩いていた了さんがくるりとこちらを振り返った。

「一緒に行く？」

「どこに、でしょうか」

「あつまり」

「あつまりってなんですか」

楽しいのよ、と了さんがふんわり微笑む。答えになっていない。

「行きましょう。ね、決まり」

わけがわからないまま、電車に乗りこんだ。梅田《うめだ》で降りて、見覚えがあるようなないような建物を通り過ぎて、細い路地に入る。

途中、了さんは誰かに電話をかけた。

「ひとり増えるけどかまへん？」

了さんが使っているふたつ折りの携帯電話につけられたビーズのストラップがゆらゆら揺れるのをぼんやり眺める。街灯の下で、それは奇妙に可憐に見えた。

「そう、そうよ、このあいだ話した子。ええ、ええ、もうすぐつきます」

携帯電話をバッグにしまってから、了さんは「いいって」とにっこり笑った。

「このあいだ話した」って、わたしについてなにを話したんだろうと思いつつ、はあ、と頷くしかない。

「プライベートなあつまりやから、気楽にね」

では了さんの友人との個人的な会食に参加せよということなのだろうか。了さんと同世代なら、七十代ということになる。いったいなにを話せばいいのか。とたんに気が重くなってきた。目上の人が苦手というより、「すでに全員仲良しであるところに自分ひとりで入っていかなければならない」状況に躊躇《ちゅうちょ》してしまう。

「あ、ここよ、ここ」

小さなお店の前で了さんが立ちどまる。

「タイ料理は好き？」

「わかりません。食べたことがないので」

実家に雛人形もないし、梅と桃の区別もついていないし、タイ料理も食べたことがないし、自分はなんてものを知らないんだろうという、はげしい羞恥《しゅうち》が全身を覆う。喉《のど》がきゅっと狭くなって、息が苦しくなる。了さんはそんなわたしをじっと見て「あらそう」とあっさり頷いた。

「じゃあ、今日が初挑戦やね」

わくわくするね、と続けてまたにっこりした。

「わくわく、ですか」

「そうよ。私もわくわくする。万智子さんの初挑戦に立ち会えて」

知らないことがたくさんあるのは、これからいろんなことを知る機会があるってことやもんね。そんなふうに言う了さんは、わたしの気後れなどぜんぶお見通しのようだった。

そうか、これはわくわくすることなんだ。わくわくしてもいい状況なのだ。知らないことを恥じるのではなく、楽しめばいいのか。ふっと呼吸が楽になる。

ドアにはガラス窓が嵌っているが、店内の様子を知るにはあまりにも小さい。

「じゃあ、入りましょう」

ドアを開けて、思わずまばたきした。そこに立っていたふたりの女の人たちが、あまりにまぶしくて。

「了さん、ひさしぶり」

「わたしたちもちょうど今来たところ」

「今日のそのワンピース、すてき」

「髪も切ったのね」

てんでばらばらに喋る。どう見ても七十代ではない。ひとりは髪が短くて、もうひとりは長い。髪が短いほうは夜のような藍《あい》色の服で、長いほうは目がさめるような赤い布地に黄金《こがね》色や白の大輪の花が咲いているスカートを身につけている。

服装は対照的なのに、瞳の輝きは似ている。ふたりとも、やたらきらきらした目でこちらを見てくるのだ。

眼球もさることながら、彼女たちの肌やら髪やらはやたらと輝いている。なにか塗っているのだろうか（たとえばラメ的なものを）と訝《いぶか》しむほどに艶《つや》めきがすさまじい。こちらは圧倒されるやらまぶしいやら、いつまでたってもまばたきがおさまらない。

「この人、駒田万智子さん」

席についたタイミングで、了さんから紹介された。髪の短い人が冬《ふゆ》さんで、長い人は美《み》華《か》さん。こちらも了さんが紹介してくれる。美華さんはその余裕ある物腰や口調から三十代ぐらいだろうと思う。冬さんはわからないけど、たぶん同じぐらい。

「プライベートなあつまり、とおっしゃいましたよね」

了さんに小声で確認したら、なぜか美華さんが「そうよ」と答えた。しかも、ものすごく大きな声で。

「友だちなの、わたしたち」

「友だち」

年代が違っても友だちになることはある。頭ではわかるが感覚が追いつかないのは、自分に同世代の友だちしかいないせいか。やはり、わたしの「世間」はあまりに狭い。

冬さんが了さんにウェディングドレスをオーダーしたのが、最初の出会いだったという。

「あの時、私お腹《なか》に赤ちゃんがおって」

「そう、でもこの人、『どうしてもマーメイドラインのドレスが着たい！』って」

冬さんと了さんがつつきあってくすくす笑っている。あのお腹にいた子がもう大学生ですよ、と冬さんが言い出したので飲んでいた水をブッと噴き出しそうになった。ということはこの人は、四十代もしくは五十代ぐらいということになるのか？

冬さんはその後自宅で料理教室をはじめ、そこに生徒としてやってきた美華さんが冬さんと仲良くなり、冬さんの弁によれば「いつのまにか」三人でしょっちゅうあつまるようになったという。

「この人にメイクのレッスンをしてもらったりね」

了さんの手のひらが美華さんを指し示し、さされたほうは得意げに胸をはっている。もとは化粧品メーカーに勤めていたが、今は独立して「メイクをおしえる仕事」をしているのだという。「メイクをおしえる仕事」が具体的にどういうものかの説明がなされぬまま、次の話題にうつった。

美華さんがたくさんの女性を相手にホワイトボードになにか書きながらメイクの技術について説明している姿を想像してみた。この人ならたぶん、どんな大勢の人の前でも臆《おく》することなく、ぴしっと背筋を伸ばして話をするのだろう。

「私たち、月に一回ぐらい、みんなで会ってごはん食べてお喋りしてるから」

冬さんにそう言われ、つまり女子会ですね、と確認すると、三人はいっせいに顔を見合わせた。

「女子会……?」

「うーん」

「どうやろ、それは」

三人とも首を傾《かし》げている。ガールズトーク的な、と言い換えてみたが、傾げた首の角度に変化はなかった。

「女子も、ガールも、嫌やなあ、わたし」

美華さんはほんとうに嫌そうな顔をしていた。

「え、嫌なんですか」

「うん。『未熟なる者』って感じするし」

美華さんの言葉に、冬さんが「そう、それよ」と同意する。空中で手首にスナップをきかせる、井戸端会議に興じる奥さんのような仕草とセットで。

わたしたちは成熟した女性である。よって女の子あつかいされるのは心外である、というのが、彼女たちの主張だった。了さんも深く頷いている。

「でも、でも年齢に関係なく女子トイレとか、男子トイレとか言いますよね」

「ああ、そうね」

「オリンピック女子レスリングとか、男子マラソンとかも言います。それはべつに未熟者あつかいしてるわけではないと思いますよ」

なるほど、と了さんが頷くと、冬さんも美華さんも「それもそうね」「たしかに」と納得した様子で頰に手を当てた時、ちょうど料理が運ばれてきた。

「万智子あんた、なかなかやな」

もうわたしを呼び捨てしはじめた美華さんがとりわけてくれたサラダを口にする。椅子から飛び上がりそうになるほど辛《から》かった。あまりの辛さに「なかなか」ってどういうことだろうという疑問が軽くふっとんだ。

これおいしいで、これも食べてみて、とすすめられるまま食べたり飲んだりした。はじめて口にするものばかりで、よくわからないけどおいしいような気がすると言うと、冬さんが「それはよかった」と言った。もうずっと以前からの知り合いに向けるような、屈託のない笑顔とセットで。

話題があっちやこっちにぽんぽん飛んだ。美華さんが観《み》てきたばかりの舞台について話していたかと思えば、冬さんが「ためしてみてよかったレシピ」について語り出す。冬さんも美華さんも絶え間なく喋っているのに、しっかり自分のお皿はきれいに空《から》にしている。もっぱら聞き役にまわっている了さんも、量は少ないながらもよく食べた。にこにこしながら、ふたりの話に相槌《あいづち》を打ちながら、だ。

わたしは会話のスピードについていけなくて、頭がくらくらする。だんだん酔いもまわってきた。視界の隅《すみ》で美華さんの服や光る石をのせた爪がひらひら動いて、まぶしい。メリーゴーラウンドに乗っているみたいだ。

「あー、ところで万智子は恋人はいてるの?」

唐突に、美華さんがこちらを向いた。

恋人。わたしにとって、それは「文字で読む機会は多いが、耳にする機会の少ない単語」のひとつである。菊ちゃんは「彼氏」とか「彼女」、あるいは「つきあっている人」という表現を用いる。

「いません」

いない。いたこともない。恋愛は選ばれし者がおこなうものだとさえ思っている。

こういう質問を受けるのは苦手だ。だって、たいていは「なんでいないの?」と続くから。でも美華さんは「あ、そう」とあっさり頷いただけだった。

美華さんの恋人が左利《き》きなのでどうのこうの、という話をするための確認だったらしい。

利き手が違うと便利だ、と熱弁をふるっているのだが、なにがどう便利なのか、今ひとつぴんとこない。どうやら性的な意味合いらしいのだが、話をしているほうも聞いているほうも、じつにさらりと乾いている。

菊ちゃんやほかの友人だとこうはいかない。もっと声をひそめたり、半笑いだったりで、独特の湿度をともなう。経験のないわたしは、その湿度にいつも臆してきた。

選ばれし者。自分が主人公であるとごく自然に思える能力を有する者、とでも言えばよいだろうか。自分が他人から好かれたり求められたりするに値する存在であることを一ミリも疑わずにいられる能力。「わたし（俺）はモテる」と思っている、という意味ではない。自分に自信がある、というのともちょっと違うのだが、とにもかくにもわたしは選ばれし者ではないのだった。

目を閉じると、また早田さんの姿が浮かんでくる。唇をきゅっと結んだときに顎のあたりに生まれるかすかな影とか、シャツの袖についた折り目のぐあいとかをしつこく反芻《はんすう》している。選ばれし者じゃないくせに。

だめなのに。いつのまにか、声に出してそう言ってしまっていたらしい。

「なにがだめなの？　万智子さん」

ふしぎそうな了さんの声が、閉じたまぶたを軽く打つ。目を開けて「なんでもないです」と答えようとしたが、唇からこぼれ落ちたのは「だめだからだめなんです」という言葉だった。

「酔っ払ったんちゃう、この子」

「ほんまやね」

「ふふふ。若いねえ」

美しい女の人たちがそんなことを言い合って笑うのを、ふしぎな気分でぼんやり眺めた。

故郷には砂丘があった。砂の向こうに海がある。波は荒くて、ひっきりなしに砂を打つ。さらさらした砂の上を歩くのはけっこう難しい。すぐに足をとられて、身体がふらつく。バランス、バランス。頭の中で、自分に言い聞かせるようにして前に進む。立ちどまらずに済むように。

バランス、バランス。砂の上もそうだが、満員の電車の中で立っているのも、けっこう難しいものだ。

通勤のために毎朝わたしが乗りこむ、この京阪《けいはん》電車の始発駅は京都にある。京都の街に、わたしは行ったことがない。大阪から京都へは、特急に乗れば比較的短時間で遊びに行ける。大阪に移り住んだらたくさん観光をしよう、有名なお寺なんかを観に行こう、と思っていたのに、実際はまだ一度も。

身動きがまったく取れないほどではないが、腕を上げればかならず誰かにあたる。本を読むのも難しい。吊革《つりかわ》につかまって、薄い空気を吸う。後ろに大きな荷物を持った人がいて、ちょっと揺れた拍子に座っている人の膝の上に倒れこんでしまいそうだ。必死に足を踏ん張って耐える。区間急行はいい。駅をどんどん飛ばして走っていく。

ビルのあいだから見える大阪城は、ひとつのポイントだ。あのきらびやかな姿が「もうすこしでここから出られる」という目印になっている。もうすこししたら電車は北浜について、電車を降りることができるんだぞ、と自らを鼓舞するための目印、いわば鼓舞ポイントなのだった。

故郷にいたころは車に乗っていた。就職組の子は、たいてい高校在学中に自動車免許を取る。わたしも卒業してすぐ、中古車を買うためにローンを組んだ。

あの車は今、父が使っている。大阪に出てくる時に父がローンの残りを引き受けてくれたのだった。車のダッシュボードには犬のシールがはってあった。前の所有者は犬好きだったのだろう。どうでもいいことを思い出して、心を満員電車から遠い場所に飛ばそうとがんばる。

ふつか酔いというほどではないけど、起きた瞬間から今に至るまでずっと、かすかに頭が痛い。お酒を飲んだのはものすごくひさしぶりだった。改札を抜けたら頭を動かさないようにして、ゆっくり歩いていく。

めずらしいことに本多先生がわたしより先に事務所に入っていた。なんとなくなつかしいような香りが室内に漂っている。

「梅昆布茶です」

父がよく飲んでいたお茶の香りだから、なつかしいのだ。実家の居間の様子がふいによみがえる。父は几帳面な性質《たち》で、本は著者別にあいうえお順に並べていたし、整理棚の抽斗には「つめきり・耳かき」「はさみ・のり」と書いたラベルをはって収納するものを管理していた。居間でくつろいでいる時に、よくその文字を目で追った。深い意味はない。ただそれらの文字に囲まれていると、なんとなくほっとするのだ。父が作り出した秩序に守られているという安心感があった。

「どうですか、了さんのお手伝いは」

「役に立っているような、いないような、という感じです」

「それでいいんです」

「いいんでしょうか」

「役に立つとか、立たないとか、人間は道具ではありませんからね」

なるほど、といちおう頷きはしたが、世間の人の多くは本多先生のような考えかたはしないだろう。

お寺の近くのお店で買ったという梅昆布茶を、わたしも飲ませてもらった。

「有名なお寺ですか？」

「いえ、そうではなくて」

観光に行ったわけではないらしい。

「妻の十三回忌だったので」

なんと答えてよいかわからず、そうですか、と目を伏せた。母の死後、親戚や近所の人に「もう慣れた?」と何度も訊かれて、そのたびに返答に困ったことを思い出してしまう。死に慣れることなどない。母がいない日々が、ただ積み重なっていっただけだ。

誰かがいなくなってからの十数年は、他人にとっては長い時間かもしれないけど、当人にはそうでもなかったりする。

「ところでこれを」

本多先生が封筒を差し出したから、話題が変わったことにほっとした。「惣菜　むら尾《お》」の村尾《むらお》社長のところに、書類を持っていってほしいという。

「惣菜　むら尾」の店舗は、事務所が入っている雑居ビルが建っている路地のふたつ隣の路地にある。社長は本多先生とは中学の同級生だったらしいのだが、本多先生はいつも「社長」と呼び、他人行儀な言葉遣いで話す。仕事ですから、とのことだった。

封筒を抱えて向かうと、村尾社長はちょうどレジにいた。壁に沿うように、鉤括弧《かぎかっこ》のかたちに置かれた長いテーブルには惣菜の盛られた大皿が並んでいる。

八宝菜のあんをまとったうずらのたまごやエビがつややかに光っている。その隣の大根と豚バラ肉も飴色に煮えていて、ものすごくおいしそうだ。ここに来るといつもお腹が空《す》く。

お店の切り盛りは息子さん夫婦にまかせているのだが、村尾社長曰《いわ》く「隠居するのははだはやい」とのことで、いつ会いに行ってもこまごまとした仕事をこなしている。お惣菜に添えられたトングをとりかえたり、持ち帰り用の器を補充したりしている小柄なおじいさんが社長だとは、はじめて見る人には容易にはわからないかもしれない。

わたしが入ってくるなり「おう、よっちゃんとこの子やないか」と片手を上げた。息子さんが厨房《ちゅうぼう》で、忙しそうに立ち働いているのが見える。

そういえばこの人のほうは本多先生のことを「よっちゃん」と呼ぶのだった。本多善彦《よしひこ》だから、よっちゃん。「十三歳から『なあ、よっちゃん』『なんや、まさる』て仲やったのに、今さら本多先生なんて呼ばれへんわ」とのことだった。

まあそうだろうなと、「なあ、よっちゃん」「なんや、まさる」のくだりで落語みたいに左を向いたり右を向いたりする村尾社長を見ながらみょうに納得した。仕事ですから、と言ってあんなにかっちりとした言葉遣いで接する本多先生のほうがめずらしいのだ。だからこそ、本多先生の口から発せられる「了さん」という呼び名に、毎回新鮮にびっくりしてしまう。

「あのう、村尾社長は本多先生のことよくご存じですよね」

封筒を差し出しながら訊《たず》ねると、村尾社長は人差し指で頬を掻きながら「チキンカツ食うか、君」とまったく答えになっていないことを言い出した。

「は？　チキンカツ……？」

小柄な体格に比して、村尾社長の手は大きい。グローブをはめているかのようなごつい手が存外器用にトングをあつかい、銀色のバットに並べられたチキンカツを摑《つか》む。白い紙袋に入れて、ほれ、と渡された。

「食べや」

「あ、ありがとうございます」

「今ここで」

「えっ」

うちのは冷めてもうまいんやで、と自信ありげな様子だが、そういう問題ではない。しかし村尾社長は、わたしの顔とチキンカツを交互に見て「まだか、まだ食べへんのか」と急《せ》かしてくる。レジの裏に身を寄せるようにして、黄金色の衣に歯を立てた。

そうこうしているあいだにも、お客さんがやってくる。冷めてもうまい、の言葉通り、衣はかりっとしているし、鶏肉はしっとりとしていて、あいだにはさまれているチーズの味が濃いせいか、ソースがなくてもじゅうぶんおいしい。

おいしいけど、レジの脇で立ったまま食べるのが恥ずかしい。はやく食べてしまおうと焦るあまり、ひとくちが大きくなる。だから、帰っていくお客さんを見送った村尾社長から「ところで、君は今何歳やったっけ」と訊ねられた時も口の中がいっぱいで、すぐに返事ができなかった。

左手の指を二本、右手の指を四本立ててみせる。大阪のおじさんはなにかというとすぐボケようとするので「六歳か?」とか言われたらめんどくさいなあと思ったが、村尾社長はふんふんと頷いただけだった。

「よっちゃんのことやけどな、『よくご存じ』かと訊かれればそうかもしらんし、知らんといえば知らん」

ひとりの人間には「友人にしか見せない顔」も「職場でしか見せない顔」も「家族にも話していないこと」も存在する。要約すればそういう意味のことを、村尾社長は割り箸を補充しながら話してくれた。

「違うか?」

「そう……そうですね」

口に手を当ててもごもごと答える。

「よっちゃんのことをよう知っとるかもしれん俺になにを訊きたいんか知らんけど、そういうことは本人に訊いたほうがええ。どんな内容であれ、自分の知らんところで自分の話をされるのが嫌な人間もおるからな」

ようやく口の中のものを飲みこむことができた。うつむいて「わかりました」と小さく答える。立ったままチキンカツを食べている時より、もっともっと恥ずかしかった。

わたしはなんてばかなんだろう、と思いながら「むら尾」を出て、叫びそうになった。ほんの数メートル先に、『Eternity』の名の入った黒いワゴンが、路肩に寄せるようにして停められている。ハザードランプが点滅していた。

中には誰も乗っていない。がっかりしたような、ほっとしたような気分で脇を通り過ぎる。そもそも運転者が早田さんとはかぎらない。『Eternity』のスタッフはひとりではないのだから。

舗装された道を踏む足の感覚が、また心もとなくなる。どこで働いたって、どこに住んだって、わたしはいつも砂の上にいる。

本人に訊けばいいのだ。そうだ、訊けばいいのだ、気になるなら。繰り返しそう考えながら、了さんを見つめている。

わたしと了さんのあいだには仮縫いのドレスを身につけたお客さんが立っている。六月に挙式をするという彼女は、いつも結婚する相手ではなく自分の母親と一緒にやってくる。彼には当日まで秘密にして、びっくりさせるんです、とのことだった。

「裾はもうすこし長くしたほうがええんちゃうの」

母親が口をはさむと、娘は「そう?」と不満そうに唇を尖《とが》らす。早口であれこれ言い合うので喧嘩しているみたいに聞こえるけど、しばらく見ていて違うとわかった。どうやら仲の良い母娘《おやこ》というものは、こうやって絶え間なく軽口を叩いたり、ずばずば意見を言い合うものらしい。

「うちの母、うるさいでしょう」

娘がわたしに向かって肩をすくめる。そうですねとも言えないので、曖昧に笑っておく。ドレスはいわゆるストラップレスになっていて、むきだしの肩は白く、うつくしい。陶器のよう、とはこういう肌の質感のことを言うのだろう。うるさい、と言われた母のほうはなおも「あんた、お式までにもうすこし痩《や》せなあかんな」などと口をはさむ。

「今のままでじゅうぶん、おきれいですよ」

無理してダイエットなんかしなくてもええのよ、とやさしい声を出して、了さんが膝を折る。「万智子さんちょっと」と呼ばれて、裾を持ち上げるのを手伝った。

ドレスをオーダーしてくるお客さんは並々ならぬこだわりをもっていて、レースの位置を五ミリずらすか否かで数十分も悩み続けるなんていうこともけっこうあるようだ。わたしが手伝いに通うようになってからの短い期間で、そういう光景をすでに何度も目にしている。

打ち合わせにも仮縫いにもすごく時間がかかるから、一日にひとりぐらいしか予約を入れられない。

「大変ですよね。この仕事って」

お客さんが帰った後、仮縫いのドレスを着せたボディを慎重に移動させながら、なんとか声を出した。十メートル以上の生地を使うドレスは、とにかく重い。汚したり、ひっかけたりしてはいけないから緊張でなおさら力が入る。

通常、仮縫いにはシーチングという布を用いるらしいのだが、了さんはそれをしない。実際に式で着るドレス用のシルクなりなんなりにいきなり鋏《はさみ》を入れて、縫い合わせていくのだ。

「大変だけど、一生に一度のことだもの。そりゃあ、皆さん真剣よ」

カバーをかぶせる前に、あらためてドレスを眺める。ハート形にカットされた胸元。身体に沿うようなシルエットは、膝のあたりからゆるやかに大きく広がっている。動くたび空気をはらんで揺らめくさまは、まさしく人魚のひれだ。

あのお客さんは最初、肩をふんわりとした布で覆うようなデザインを希望されていた。了さんはにこにことその話を聞きつつ、でも「あなたは首筋から肩にかけてのラインがとても美しいから、思い切って出したほうが映《は》えるわ」と現在のデザインに誘導した。

「誘導なんて人聞きの悪い」

くっくっ、と了さんが肩を揺らす。お客さんからどんな無茶なことを言われても、了さんはけっして否定しない。なるほどなるほどと頷きながらしかし、いつのまにかその無茶を取り下げさせている。

「了さんってお客さんのことをすごくほめますよね」

あなたは肌がきれいだとか、骨格が美しいとか、小動物みたいなかわいらしさがあるとか、とにかくほめ言葉のバリエーションが豊富にある。「ふくらはぎのラインが美しいので、思いきって膝丈のドレスにしてみては」と提案していた時は、そんな細部をほめるのか、と正直びっくりしたのだが、お客さんはまんざらでもなさそうだった。

「誰でもみんな、その人にしかない美しさを持っているから。そしてわたしはそれを見つけられる目を持っている」

「だからいちばんきれいな姿に変身させてあげるわけですね」

それは違うわ万智子さん、と了さんがゆったり微笑む。

「美しくない女の人は、この世にはいません」

「えっ」

「わたしが美しく変身させてあげるわけではないの。わたしはただ、彼女たちが『自分は美しい』と気づくためのお手伝いをしてるだけ。自分が美しいことを知らない女の人が多すぎるから」

唇にひとさし指をあてる了さんは、やっぱり仙女だった。

それに、よく似てもいる。本多先生に、だ。言っている内容はちがうけれども、言葉の間《ま》や醸《かも》し出す空気がとてもよく似ている。

「あの、了さんは本多先生と、その……」

その、の後が続かない。もしかしてつきあってたんですか？　いつからいつまで？　いや、いくらなんでも不躾《ぶしつけ》すぎるだろう。

了さんは一瞬目をまるくして、それから胸に手を当てた。すみませんやっぱいいです、と言いかけた時、了さんが口を開く。

「……婚約しとったのよ」

予想していたより、ずっと重い返答だった。

「いろいろあって結局、だめになった」

訊かなきゃよかった。もう、どう相槌を打てばいいのかぜんぜんわからない。

まごついているわたしから視線をはずして、了さんが裁縫用の箱を片づけはじめる。金色の鋏、赤や青やの色とりどりのピン。すべて白い小さな箱におさめられていく。

「もうずっと前、二十代の頃よ。四十年以上も昔。万智子さんが生まれる前の話ね。それからずっと、彼とは会《お》うてなかった。本多さんが結婚したことや、子どもが生まれたことも、風の噂《うわさ》で聞きました」

「そう……そう、そうでしたか」

了さんは結婚していない。かつてしていたこともない、と聞いている。それってもしかして、ずっと本多先生のことが忘れられなかったとか、そういうことなのだろうか。

了さんが突然、ぷっと噴き出した。

「困らせてしもたね」

わたしはいったい、どんな顔をしているのだろう。思わず頰を両手で押さえる。

「六年ぐらい前に偶然再会したのよ。それまでわたしが頼んでた税理士さんが廃業されてね、新しい税理士さんを紹介されて……それが本多さんやったの。でも、あの人とのことは、もうずっと昔に終わったことで、今はもうなんでもないの。だからこうやって、お仕事のおつきあいができてるの。あなたも、へんに気を遣わんといてちょうだい」

「あ、はい……」

「お茶をもらえる？」

紅茶を淹れながら、頭を整理しようとこころみる。
一、了さんと本多先生は婚約していた。（おそらくお見合いではなく、恋愛を経て）
二、しかし本多先生は違う人と結婚した。
三、六年前にふたりは再会。そのとき本多先生はすでに独り身だったけれども、了さんが言うには「今はもうなんでもない」関係である。
一と二のあいだになにがあったのだろう。「了さん、本多先生の初恋の人とかだったりして」などと勝手に淡い物語を想像していた自分を殴りたい。もちろんグーで。

紅茶の葉が開くのを待っていると、チャイムが鳴った。ちょうど近くにいたのか、すぐに了さんが応対する声が聞こえてくる。早田さん、と言うのが聞こえた。紅茶碗を取り落としそうになる。

早田さんの声もこちらに届く。なにを言っているのか、それは聞き取れない。

いる。早田さんがそこにいる。何度も深呼吸をしてから、紅茶をふたつのせたトレイを運んでいった。

でも、早田さんの姿はそこになかった。

もしかして幻聴だったのだろうか。それとも、すぐに帰ってしまったのだろうか。

「あの、早田さんは……」

幻聴だとしたら、いくらなんでも気持ち悪すぎやしないだろうか、わたしのこの、早田さんへの思いは。思いが重い。なんだよそれ。ぜんぜんおもしろくないし。ばかじゃないの、わたし。

「早田さん？」

トレイごと受け取った了さんが首を傾げ、なにやら意味ありげな笑いを浮かべた。

「ああ。彼女ならいません、って言うてたで、この前」

ちがう、そんなことは訊いていない。それに。

「ていうか、早田さんって結婚してますよね」

自分の左手の薬指を、右手で指さしてみせる。妻はいるが彼女はいない、とでもいうのか。まちがってはいないけれども、そんな物言いは、あまりにも軽薄ではないか。

「独身よ。あの指輪、仕事用なんやて」

「……え？」

「下村さんがそう言うてたわ。ほら、早田さんって好青年やろ？」

「ええ、そ」

それはもう、と続けそうになって、ぎりぎりのところで飲みこんだ。

「いっぺん、お式の打ち合わせで来てた花嫁さんが早田さんのこと好きになってしもたんやて。花婿さんが怒鳴りこんできたことがあったらしい」

そんなことってあるんだろうか。結婚を控えている女の人が、そんな。

「せやから、なんていうのあのカム……カモン……？」

「カモフラージュ、ですか？」

落ちつこうと思えば思うほど、かえって声がひっくり返る。今日は、びっくりすることばっかりだ。そうそうそれそれ、と了さんがうれしそうに手をパンと叩く。

「そうなんだ……」

そうなんだ。心の中でもう一度呟くと、あたたかくやわらかいものが胸の内に広がる。

「よかったです」

「そう？　よかったの？」

「はい。ほんとに」

「よかったんやて、早田さん」

了さんが突然、部屋の奥にむかって声を張り上げる。ごそごそ、と音がして、積み上げられた段ボールの陰から早田さんが姿を現した。ええっ、と叫んだわたしの声はひっくり返っているどころか、ほとんど悲鳴に近かった。

「すみません、靴の紐《ひも》がほどけてて」

しゃがんで、結びなおしているところにわたしが入ってきた、というわけだ。だから段ボールに隠れて見えなかったのだ。突然自分の話題がはじまったから出るに出られなくなってしまったと、早田さんは頬をかすかに紅潮《こうちょう》させながら申し訳なさそうに両手を合わせた。

「すみません、盗み聞きみたいになっちゃって。そんなつもりじゃなかったんですが」

消えたい。消え去りたい。今すぐこの場から消え去ってしまいたい。

「あの」

早田さんが、わたしをまっすぐに見る。赤い頬のままで。

「僕も、よかったです」

今日はほんとうに、ほんとうに、びっくりすることばかりだ。紅茶を飲んでいた了さんが「あら、まあ……」と呟いて口もとをゆるませる。

最寄り駅近くの商店街にフラワーショップがある。軒先にはいつも色とりどりの花の鉢植えが並んでいる。

わたしは花にはくわしくないけれども、たまには部屋に花でも飾ろうか、と思うことぐらいはある。このあいだそのフラワーショップに入ってみたが、どの花もあまりにきれいで、目移りしているうちにだんだん頭がくらくらして、買えずに帰ってきてしまった。

「適当に見繕《みつくろ》って」と店員さんに頼むというようなスマートな真似もできなかった。

了さんの「あつまり」に連れていかれるたび、その時のことを思い出す。くらくらしてくるのだ、とにかく。

「もう、ほんまにかわいかったのよう、この子たち」

了さんがうふうふと笑いながら、わたしの腕をぺしぺしと叩く。

その場に早田さんがいることに気づかずに、早田さんが独身で「よかったです」と口走ってしまったあの日のことを思い出すたび、恥ずかしくて叫びそうになる。度数の強いお酒を飲んだ時みたいに胃の底が熱くなる。恥ずかしい。でもうれしい。恥ずかしさとうれしさのせめぎ合いだが、今のところ恥ずかしいのほうが優勢だった。

「で、で、その早田隊員はなんて答えたん？」

冬さんが身を乗り出す。なんで隊員なんですか、と訊ねても「早田言うたら隊員やろ」

と意に介さぬ様子だった。早田言うたら隊員ってどういうことだろう。早田隊員。そういう有名人がいるということなのだろうか。

了さんが「早田さんったら、ほっぺた赤くして『僕も、よかったです』て言うたんよぉー」と答えるやいなや、美華さんが「ヒャアアア」と喚《わめ》きながら身を左右によじりはじめた。手にしていたワイングラスから飛び出した金色の液体がわたしの手の甲にかかる。

「つめたっ」

「あ、ごめんごめん。つい」

美華さんがハンカチを出してごしごし拭いてくれる。うすむらさき色の花が描かれたハンカチからも、目の前で揺れる美華さんの髪からも、甘い匂いがする。

了さんが「美華さんはしょっちゅう飲みものをこぼすねえ」と呆れたように笑った。

「つい盛り上がってしまって」

「『つい』で盛り上がらないでください」

「いや、でもよかったやん」

美華さんはまったく頓着せぬ様子で、わたしの肩に手を置く。連絡先交換したんやろ、と言った後、こらえきれぬ様子で「んぐふっ」と口もとを押さえる。わたしが男性と接触したことの、なにがそんなにおもしろいのか。

たしかに、交換した。了さんに「ほら、はやく」とけしかけられるようにして。

「で？　もう、一回ぐらいは逢引きしたの？」

冬さんも身を乗り出して訊ねてくる。

「逢引きって……」

「デートとかって言うより雰囲気出るやん。淫靡《いんび》さが増すやん」

「淫靡じゃなくていいです。デートはまだしてません」

早田さんはその日のうちにメッセージをくれて、ごはんでも食べに行きましょう、と書いてあったけど、具体的な話は進んでいない。

「まあな、いろいろ準備も必要やもんな」

なー、と美華さんがわたしの肩を抱く。

「わたしも今スペシャルスキンケアをしてるとこよ。あと一週間やから」

真珠のように光る頬が、わたしのこめかみのあたりに触れた。美華さんの肌はなにか特殊なものを塗っているのか、常に真珠のように輝いている。彼女の言う「スペシャルスキンケア」をすればこのような質感が生まれるのか。

「来週、一時帰国するのよね」

了さんも冬さんも、にこにこしている。美華さんの恋人は遠い国に赴任しているため、めったに会えないらしい。

「いちばんきれいな状態で会いたいやんか」

そういうものなんですか、と思わず口に出してしまっていた。了さんがふしぎそうに首を傾げる。

「きれいにならないといけないんでしょうか」

「ならないといけない、ってどういう意味よ」

美華さんがわたしにぐっと顔を近づける。そういえばあんた化粧してへんねいつも、と呟いた。

「なんで？」

咎《とが》められているわけでもないのに、身体がすくむ。

「なんか、姑息《こそく》なことをしているような気分になるんです」

「は？」

「だから、お化粧をすると」

へんなことを言っているのはわかっている。ななじゅってーん、さんじゅうごてーん。無邪気と言っても良いほどの声が、鼓膜の奥でこだまする。わたしの顔面がたとえば十五点ぐらいだったとして、それを化粧によって三十点ぐらいにしようとするのは、姑息なことのように感じる。うまく説明できない。

「よかったら、話してみたら」

気がつくと、冬さんがじっとこちらを見ていた。

教室で見聞きしたことは、これまで誰にも話したことがなかった。単に話す機会がなかっただけなのだが、いざ言葉にしようとすると戸惑う。杉江たちだって、べつに極悪人というわけではない。親切なところもあったし、成績優秀だとか、リーダーシップがあるとか、各人それぞれに美点をもっていた。ただ残酷なまでに正直だったというだけで。

「悪い人たちじゃなかったんですけど」とか、「悪気があったわけじゃないと思うんですけど」とか、いちいちフォローの言葉をはさむせいで、わたしの説明はみょうに歯切れの悪い、くどくどとしたものになる。美華さんが頭をがしがしと掻いて「なんかイライラするわ、あんたのその話しかた」と吐き捨てた。

「すみません」

「その男子のうちの誰かが好きやったん？」

「いえ、ぜんぜん」

「いちいち『悪気があったわけじゃ～』とか、かばう必要ないやんか。ていうか悪気がなかったとか、それがなに？　個人的にはいちばんたちのわるいやつだと思うけど？」

他人の悪口や、噂話をしてはいけない。父はいつもわたしにそう言い聞かせた。けっして口うるさく注意をしたり、きびしく叱る人ではなかったが、他人の悪口と噂話はするな、ということだけはほんとうにしつこいぐらい言い聞かされてきた。それはいずれ自分の首をしめることになる行為だからと。

「悪口なん？　これって」

冬さんがうっすらと微笑んで「私は違うと思うけど」と了さんに視線を送る。

「そうよ。不愉快だった、という体験を語ることが悪口になるなんておかしいと思う」

首を傾げられて、わたしは押し黙る。不愉快だったと感じること、それこそが自分が狭量《きょうりょう》なせいではないかとも考えていたのだ。

「たいしたことないって、受け流してしまえばいいんでしょうけど」

「ちょっと、そんな話してないやんか、今は」

美華さんがワイングラスをテーブルに置く。

「あのさあ」

怒っているのかもしれない。だって、眉間に皺が寄っている。

「なんで受け流さなあかんの。受け流せないようなことやから、万智子は何年もずっと覚えてたし、気にしてたんやろ？」

「それはまあ、そうですけど」

「傷つくほうがおかしいとか弱いとか、それは傷つける側の理屈や」

冬さんが横から口をはさんだ。淡い微笑みを浮かべたまま。

「不愉快だと思ったことは不愉快やって言うたらええねん。失礼なこと言われたら、ちゃんと怒りなさい。万智子には、万智子のために怒る義務があるんやで」

「義務、ですか?」

「そうよ。それが自分を大切にするってことよ」

そうなのだろうか。

美華さんがワインの瓶をガッと摑んで、グラスにどぼどぼと注ぐ。それをひと息に飲み干してから、わたしを見た。見た、というより、ぐっと見据えた、と表現すべきか。息を呑《の》むほど強いまなざしに貫かれて、身動きが取れない。

「万智子」

「は、はい」

「明日、うちに来なさい」

来る?　ではない。来なさい、だ。

「あ、あ、はい」

美華さんの迫力に、つい声が裏返ってしまった。了さんが下を向いておかしそうに肩を震わせているのを視界の端で確認する。

「美人になる夢を見ました」

椅子に腰掛けるなり、そう話しはじめたわたしを無視して、美華さんはスマートフォンをいじりだした。

やってきたカフェの店員さんに注文（モーニングAセットふたつ）を済ませて、また美華さんはスマートフォンを手にとる。時差が十時間以上ある国に住んでいる恋人にメールを送っているらしい。

「夢を見たんですよ」

夢の中で、わたしは深瀬《ふかせ》ゆいという女優の顔になっていた。周囲の人から「きれい」だの「かわいい」だのと賞賛されているのだが、なかみはわたしのままなので、そのほめ言葉に対する気の利いた返事がいっさい思い浮かばない。

写真を撮る時も顔がひきつってしまう。言い寄ってくる人もたくさんいるのだが、言い寄られた経験がないので、角の立たない断りかたができなくてみんなを傷つける。そういう内容だった。

「優《すぐ》れた外見を持つ人は、それに匹敵する内面が必要なんだな、と思い知りました」

「あのね、万智子。わたし他人の夢の話って、まったく興味ないの」

夢の中のわたしは、でも、早田さんに会いにいこうとはしなかった。わたしは早田さんに好かれたいけど、あくまでも「わたしの内面をちゃんと見てほしい』という気持ちがあるのだな、と目が覚めてから思った。しかしその話もまた、美華さんにはあっさり聞き流されてしまう。

美華さんがスマートフォンを置いたところで、ちょうどモーニングAセットが運ばれてきた。自宅兼職場である美華さんのマンションに行く前に腹ごしらえをしよう、とカフェに誘われたのだ。

白い大きなお皿にサラダとトーストと目玉焼きがのっていた。わたしの夢の話への美華さんの無関心ぶりはむしろ清々《すがすが》しく、かえってさっぱりしたような気分で朝食に手をつける。サラダのドレッシングにはすりおろしたにんじんが入っていて、トーストは嚙むとさくっと小気味良い音がした。

「おいしいです」

「そう、よかったね」

美華さんはもうすでに、皿の半分ほどを食べ進めている。

「美華さんって、よく食べますよね。あ、冬さんも、了さんも」

「身体がもたへんし、食べんかったら」

菊ちゃんはしょっちゅうダイエットと称してパンや白米を断つ。そのわりにケーキを買ってきたりするので、よくわからない。

フォークをあつかう美華さんの手首は、はっとするほど細い。ガラスばりの店内は明るく、白い手の甲に血管が青く浮き出て見えた。

「ダイエットとかしたことあります?」

美華さんはそれには答えず、ただフフンと笑ってコーヒーをひとくち飲む。食べたら行こ、と言いながらもう視線がレジのほうに向いていた。たぶん、基本的にじっとしていられない人なのだろう。

美華さんのマンションは、大きな神社の裏にあった。神社のまわりをとりかこむように木が植えてある。緑が多くていいですね、と言うと、美華さんは「うん、わたしもそう思う」とうれしそうだった。

お化粧のしかたがわからない人たちのためにパーソナルレッスンをしているのだというが、看板は出ていない。「おもにSNSと口コミだけで集客してる」とのことだ。

「集客できるものなんですか」

「できてんねんなーこれが」

自宅の一部屋をレッスン用に使っているという。大きな鏡とテーブルがあるだけの簡素な部屋だった。

「お化粧のしかたがわからない人って、そんなにたくさんいるんですか」

「おる。っていうか、万智子もそうやんか」

たしかにそうだ。みんなどこで覚えるのだろうと思っていたし、今も思っている。若い女性のみならず、四十代、五十代のお客さんもたくさん来るらしい。

「若い頃にしてたメイクが似合わなくなって、それであらためて年齢に合った化粧法を知りたいっていう人もおるよ」

美華さんは独立する前はビーエーをしていた、と言った。ビーエー。聞いたことのない言葉に戸惑う。

「ビューティー・アドバイザーのことや」

百貨店などの化粧品売り場のカウンターにいる、あの美しい女の人たちのことらしい。わたしがいつもうつむいて足早に通り過ぎるあの場所は、美華さんにはいかにも相応《ふさわ》しい。

「万智子は、メイクってなんのためにするんやと思う?」

「きれいになるためですか？」

首を傾げるわたしの首に、美華さんが白いタオルを巻きつける。

「わたしがメイクに興味を持ったのはな、自分を好きになりたかったからやねん」

わたしは子どもの頃からかわいかった。鼻持ちならないセリフだが、なぜか美華さんの口から放たれると嫌な感じがしない。

「でも自分の顔は、好きではなかった。好みではなかった、って言うたほうがええんかな。もっとこう、クールな美人になりたかった。たとえば冬さんみたいな」

冬さんは一重《ひとえ》の、切れ長の目をしている。鼻筋がすっと通って、唇が薄い。たしかにきれいだが、美華さんの大きな二重《ふたえ》の目やぷっくりとした唇こそ美人の条件だと思う人もきっと多いだろう。でも美華さんは「かわいい」は当時の自分の好みではなかったのだ、と首を振る。

「『かわいい』って、なめられることも多いからさ。わかる？　かわいいイコール頭空っぽ、イコール御《ぎょ》しやすい、みたいな空気あるやん」

「……そうなんですか？」

「そうなんですのよ」

美華さんはわたしの顔にクリーム状のものを塗りこんでいく。鏡の中のわたしの顔色が、ふだんより白く明るくなる。

「なんですか、この謎のクリームは」

「謎のって。ただの日焼け止めや」

御しやすいなどとは死んでも思われたくない。自分の外見が好きだと言いたい。その思いから高校生の美華さんは化粧の技術その他の研鑽《けんさん》に励むようになっていった。孔雀《くじゃく》（の雄）のように派手で、ともすれば近寄りがたい現在の美華さんからはたしかに「御しやすい」という印象は微塵《みじん》も受けない。そしてそれはすべて持って生まれたものではなく、自らの意志によってつくり出されたものなのだ。

リキッドファンデーションをつける時は、スタンプを押すみたいにぽんぽん叩きこむんやで。眉を描く時は、アイブロウパウダーを筆にとって、毛の流れとは逆方向にのせるんやで。そう言いながらわたしに道具を持たせて、その手をとって動かしてくれる。美華さんの説明は明快で、むだがない。アイラインを入れたら、鏡の中の自分の顔がはっきりと変化したのがわかった。

「目がくっきりして、きれいに見えます」

自分で自分の目を「きれい」などと口走ってしまったことを恥じたが、美華さんは「さもありなん」とばかりに大きく頷く。

「もとからきれいなんやで、万智子の目は。まつ毛も長いし、肌もきめが細かくて透明感がある。メイクしたら、もっともっと良くなる」

まぶたに色がのせられる。頰にも。

「つぎはまつ毛をしっかり上げる。はい、やってみて」

ビューラーという道具の存在はもちろん知っていたが、自らのまつ毛を持ち上げるのははじめてだった。うっかりまぶたをはさんでしまい、痛みに悶絶《もんぜつ》する。口紅を塗ってから、美華さんは金色のコンパクトを開いた。白くてきらさら光る粉を刷毛《はけ》にとっている。

「なんですか、その粉は」

ハイライトや、という言葉とともに、刷毛で鼻をたてに撫でられた。くすぐったくて、思わず一瞬ぎゅっと目を閉じる。おそるおそる鏡をのぞきこんで「おお」という声が出た。

「美華さん！　美華さん！」

「声でかいわ」

「さっきより鼻が高く見えます」

魔法みたいですね、とびっくりして叫ぶわたしの首から美華さんがタオルを抜きとった。

「魔法ちゃうで、メイクは」

美華さんの手が両肩に置かれる。鏡越しに視線を合わせて、ゆっくりと言葉を継いだ。

「同じメイクをしても、みんな同じ顔にはならへん。化粧しても別人になれるわけではないしな。それぞれの人の顔のパーツの、それぞれの良さを引き立てることができるだけ」

あらためて見入る鏡の中のわたしは素顔ではないのに、なぜか素顔でいるより、わたしらしい気がしてきた。

「それでもメイクは、あんたが言うような『姑息』な手段なんやろか。万智子はさっき『きれいになるため』って言うたけど、きれいになるのは誰のためかをぜったい間違えたらあかんで。その早田っていう男に好かれるため？　それとも昔、女子の顔に点数をつけてた男たちを見返すため？」

鏡の中の美華さんから一瞬目を逸らしてから、あらためてまっすぐに見つめた。ちゃんと見て、答えたかった。

「違います」

早田さんに好かれるためじゃない。早田さんのことを堂々と「好きだ」と言える自信を持つために、きれいになりたい。

自信って、誰かに授けてもらえるものではないから。

電車の吊革につかまって、美華さんの言葉を思い出している。夕方のこの時間は、車内に高校生の姿も多く見受けられる。

あのレッスンの後、美華さんはショッピングモールに買いものにつきあってくれた。「これだけそろえておけば」と選んでもらった化粧品はどれも高価なものではなかったが、ひとそろい買うとかなりの金額になった。レジで「やっぱりやめます」と言いそうになったけど、「自分を好きになりたかった」という美華さんの話がわたしの背中を押した。わたしも自分を好きになりたい。なってみたい。

アクセサリー売り場の前を通りかかった時、美華さんが「ちょっとここ、見てもいい？」と言ったので、一緒に入った。天然石を使った指輪やバングルがずらりと並んでいて、そこでもやっぱりわたしは華やかさに臆してしまったのだが、美華さんは「これ、今日入荷したばかりなんですよ」などと近づいてきた店員さんとにこやかに会話をはじめる。小声で「お知り合いですか」と訊ねたら「ぜんぜん」という返事で、また驚いた。

ショップの店員さんや美容師さんとの会話がへただ、という自覚がわたしにはある。おしゃれなお店であればあるほどそうだ。さえない子が来たな、と陰で嗤《わら》われているような気さえする。

「あほちゃう」

わたしの話を聞いた美華さんは目を丸く見開いたのち、上体をそらして笑い出した。

「あんたの頭の中で『おしゃれな店の店員』はどんだけ性格悪いことになってんの。ていうか嗤われてたとしてもそれがなに？　他人の思惑まではコントロールでけへんのよ」

そんなふうに割り切れるのは、美華さんだからだ。だからわたしも美華さんみたいに自分に自信を持ちたいんですけど、と言ったら背中を叩かれた。

「痛い！　なんで叩くんですか」

「むかついたから」

あんたさっきのメイクレッスンで理解したんかと思ったのにぜんぜんわかってへんやん、と美華さんは眉をつり上げた。

「自信は生まれながらに備わってるものでもないし、自然に身につくものとも違うの。他人から授かるもんでもないし」

「でも、他人から認められることによって、自分に自信がついたりするものではないんですか？」

だーかーらー。美華さんが首をぶんぶんと振った。ものすごく大きな声だったので、店内を歩いていた男の人が驚いた顔で振り返り、美華さんを見てさらに驚いていた。こんなきれいな人がいったいなにを大声で、と思っていたのかもしれない。

「そしたら他人に否定されたらどうなんの？　その自信、またすぐぐらつくんちゃう？」

ほめられるにせよ貶《けな》されるにせよ、自分の評価を他人に委ねている点では変わらない、というのが美華さんの主張だった。

「じゃあどうすればいいんですか……」

「自信を持つぞ、って自分で決めて持ったらええねん。わたしはそうしてる。そうしてきた」

まあ、あんたの言いたいこともわかる、と美華さんは頷いた。

「わたし自信ないんですぅ、て言ってるほうが楽やもんね」

一見、謙虚な感じに見えるし？　美華さんはわたしの頰を人差し指でぐりぐりと抉《えぐ》った。

ともないし？　他人から『あの子、調子乗ってんな』とか言われるこ
「痛い、痛いです。楽だなんてそんな、そんなつもりでは……」

「内面を見てほしい、ってさっき言うてたけど、わたしからすればなんであんたがそんなに自分の内面を良いもんと思えるんか謎やわ」

美華さんはなおもぶつくさ言いながら、それでも店を出る直前にリングをひとつ買ってプレゼントしてくれた。真鍮《しんちゅう》の土台に藍色の石が嵌っている。代金を払おうとすると、

安かったからいい、と財布ごと押し戻された。

「その指輪を見るたび言い聞かせなさいよ。自信を持つぞって」

「自信を、持つぞ……」

「うん。で、二度と自信がないのどうのってわたしの前で言わんといてな。うっとうしいからさ」

その指輪は今、吊革を摑む右手の中指に嵌っている。やっぱり藍色なんだな、ピンクとかじゃないんだな、と切なくなりかけたけれども、首を振ってこらえた。

窓ガラスに自分の姿がうつる。口紅がはげているような気がして、こっそり鏡で確認した。ついでに目もとも。

あれから毎日化粧をしているのだが、まだ慣れてないせいか、すごくもたもたしてしまう。今朝もアイラインをひこうとして、ペンシルで眼球を軽く突いてしまった。

ＪＲ大阪駅の中央口の改札のところで待ってるよ、という早田さんからのメッセージをもう一度読み直してから、電車を降りた。階段を一段おりるごとに、いくつもある「中央口」という矢印つきの表示を目にするごとに、脈がはやくなる。口の中が渇いて、手のひらに汗が滲む。身体がふらりとして、脇を通り過ぎようとした人と肩がぶつかった。

たくさんの人がいる。でもわたしの目はすばやく、柱にもたれて立っている早田さんをとらえた。そこだけスポットライトが当たっているように、輝いて見える。

第一声は「こんばんは」でいいのだろうか。あるいは「お待たせしました」だろうか。お待たせ云々《うんぬん》は、なんだかえらそうではないだろうか、などと悩みながら近づいていったら、早田さんがわたしに気づいて「来たね」と言った。だからわたしは「はい、来ました」と答えてしまい、若干まのぬけた沈黙が漂った。

「来てくれてうれしいです」

言ってから、照れたようにふふっと笑う早田さんを見て「なにがあっても来ます」と思う。そんなふうに笑ってくれるなら、這《は》ってでも来る。思うだけだ。とても実際に口に出せはしない。

「でも今日は、いつもと雰囲気が違いますね」

化粧をしているからだろうか。そう説明しようとすると、早田さんはあわてたように「いや、へんな意味じゃなくて」と両手を振った。

「じゃあ、行こうか」

予約してあるというお店に向かって歩き出した。

「いつも仕事は、これぐらいの時間に終わるの？」

「はい。早田さんは？」

「今日ははやいほうです。仏滅なので」

「やっぱりみんな、そういうの気にするんですね」

「本人たちは気にしてへんけど両家の親が、みたいなパターンもあるかな」

早田さんの話しかたはていねいな言葉づかいとそうでない言葉づかいが入り交じってい
て、慎重に距離感をさぐられている感触がある。

人通りはそれほど多くない。女性会社員ふうの数名のグループが、わたしたちの少し後ろから歩いてくる。ゴールデンレトリバーをつれた男性が向こうから歩いてくる。早田さんが「こっち行こか」と唐突に角を左折したので、つんのめりそうになった。

好き嫌いやアレルギーの有無については事前にＬＩＮＥで確認されていた。わたしはくだものの柿の味と喉ごしがちょっと苦手なのだががんばったら食べられる、と答えて、早田さんは「大葉と茗荷《みようが》が苦手で、メロンやスイカを食べると喉がかゆくなる」と教えてくれた。ビールの話以外で「喉ごし」という言葉を目にしたのははじめてかもしれないとも書いてあって、「。」のかわりににっこり笑う黄色い顔の絵文字がついていた。

隣を歩いている早田さんを盗み見る。かっこいいなあ、としみじみ思う。さっきから百回ぐらい思っている気がする。今までずっとそんなことを考えてはいけないと自分を律していたために、リミッターが解除されたみたいでどうにも制御がきかない。

スーツの上に羽織っているベージュの薄いコートがよく似合っている。淡い色が似合うのは肌の色が白いからだろう。肩の線が定規でひいたようにまっすぐで、なで肩の男性（本多先生）を見慣れているわたしの目にはそのまっすぐさが新鮮にうつる。自分の外見のことを他人にあれこれ言われるのは嫌なくせに、内面を好きになってほしがっているくせに、わたしは早田さんの外見の良さにまいあがっている。自分のことを棚どころか屋上ぐらいにあげてしまっている。なんてことだ。

そんなことより、気のせいだろうか？　さっきから十数分以上同じところをぐるぐるまわっているような気がするのだが？　なにか理由があるのだろうか？　たとえば予約の時間よりはやく着いてしまったので、時間を調節しているとか？　でもそれならそうと言うのではないだろうか？

どうかしたんですかと確認したいのだが、早田さんが「先日職場で体験したユニークな結婚式」についてとても楽しそうに喋っている最中なので、口をはさむのも申し訳ない。

「あっ」

喋っていた早田さんが突然小さく叫び、「こっちやった」と言いながら体を左に向けた。さっきから何度も前を通り過ぎたビルの脇の細い道を進んでいく。あそこです、と早田さんが指さした先に白い壁の、ドアの前にかわったかたちのランプが吊るされた瀟洒《しようしや》な建物が見える。こっちゃった。こっちゃった、ってなに？　どういう意味？

もしかしてずっと道に迷っていたのだろうか、という可能性に行き当たったのはテーブルについた後だった。でももしそうだったらそう言うはずだし、地図アプリのひとつも見れば解決する問題だ。やっぱりわからない。

食事のあいだ、うまく話せなかった。早田さんがたくさん質問をしてくれるので、会話は一応途切れずに続いていくのだけれども。

「万智子ちゃん」

ふいに名前を呼ばれて驚いてしまい、ナイフで皿をひっかいてしまった。キイッという嫌な音がして、お肉の脇に添えられていたまるっこい野菜（名称は不明）が大きな皿の端まで転がっていく。

「え、はい。なんでしょうか」

「みんなからはなんて呼ばれてんの？」

早田さんはわたしをなんと呼ぼうか決めあぐねているらしい。了さんはわたしを万智子さんと呼ぶ。本多先生は駒田さん。父は「万智」と子を省略して呼ぶ。

「そういうんやなくて、友だちとか」

「中学とか高校の頃からの友だちからは『まっちん』と呼ばれてます」

「まっちん」

かわいいね、と早田さんが一瞬目を細める。

「俺もまっちんって呼んだほうがいい？」

「いや、なんでもいいです」

「万智子でも？」

万智子という自分の名はけっして嫌いではないが、ちょっとクラシカルであるとずっと思ってきた。郷里に住んでいた時、近所のおじいさんやおばあさんから京《きょう》マチ子《こ》という女優さんについてわりとしつこく、あるいは『君の名は』という、「前前前世」のほうではない古いドラマのヒロインについて聞かされてきたせいだろう。でも早田さんの口から発せられる「万智子」は異様に甘美で、耳がこそばゆくなる。

「えっと、はい、いい、いいですよ」

こそばゆさをこらえるわたしの態度がなにかあらぬ誤解を生んだらしく、早田さんは「ごめん、いきなり馴れ馴れしいよな」と表情をひきしめた。

「だいじょうぶです、馴れ馴れしくないです」

「そう？　よかった」

ほっとしたように頷く早田さんに向かって、わたしの目が無数のシャッターを切る。あとで繰り返し思い出せるようにしっかり覚えておかなければ。

「万智、子、ま、ごめんやっぱ万智子ちゃんって呼ぼうかな……つきあってる人とかは今はおらんのやったっけ」

今はいないというか、ずっといないです。そう答えながら、嫌な予感がした。俺はいますけど……みたいな話だったらどうしよう。

「ずっと？　かわいいのにもったいないな」

返事ができずにかたまっているわたしをよそに、早田さんは「あ、まあ、俺もいないからね」とにっこり笑い「今はね」と続けた。そんな、太い油性ペンで書くように強調しなくても、という思いが脳裏を掠《かす》めて、すぐに消える。

「……じゃあ、以前はいたんですね」

「うん。でも、もう半年も前の話。そろそろ彼女が欲しいなって思ってた」

そこで早田さんがわたしをじっと見つめるので、なにか返事をしなければならないタイミングなのだと知る。でもなにを言えばいいのかまったくわからない。最適解があるはずだ、どこかに。わからない。わからない。頭がくらくらしてきた。店員さんが近づいてきて、わたしたちの前にデザートの皿を置いた。卓球のボールぐらいのアイスクリームと複雑な形状に切られたくだものと、名刺を半分に折ったぐらいの大きさに切られたケーキがのっている細長い皿に向かって「わあ、おいしそう」と、いつもより甲高《かんだか》い声を上げてごまかした。

食事を終えて店を出たら、あたりはもうすっかり暗かった。

「このへん、よく来る？」

「いえ、そんなには。買いものとかもしないので」

二ヶ所ある職場と、最寄り駅近くのスーパーと、同じく最寄り駅近くの書店と百円ショップ。わたしの生活はそれらを順繰りにまわることで成り立っているといってもよかった。つい最近までは。

「つつましい生活を送ってるんですね」

なぜか早田さんの言葉づかいがまたよそよそしくなる。経済的な理由でつつましくならざるを得ないだけなのだが。

「でもそういうの、いいと思います」

「そうでしょうか」

無意識のうちに指輪の石に触れていた。自信、自信、自信を持つぞ。

「そういう、ひかえめなところがすごくいい」

　早田さんがわたしのことを「いい」と言ってくれている。でも「うれしい」というより、はじめての食べものを口に入れたら想像していたのと違う味がしたみたいな、へんな感覚だった。早田さんが「いや、うちの職場って、気の強い女性が多いから」と続けたから、さらに口の中がほんのりと苦くなる。

　そっと視線を逸らした先に観覧車がある。細長いグラスにさした輪切りのレモンのようにビルにつきささっている、例のあの、赤い。

「あの観覧車、はじめて見た時びっくりしたんですけど、でもすてきですよね」

「すてき？　そう？」

「歩いてる時、目印にもなるし」

「乗ったことある？」

「ないです」

　ないです、の「で」あたりで、早田さんがわたしの手首を軽く摑んだ。

「じゃあ、今から乗りに行こう」

　手を引かれて歩き出す。

「今から？」

「そう、今から」

振り返った早田さんの笑顔があまりにもやさしくて、だからわたしは飲みこんだ。さっき口の中に広がった苦みに、気づかなかったふりをした。そうして自分が気づかなかったふりをした事実そのものから目を背《そむ》けた。だいじょうぶ、気にするほどのことじゃないんだ、きっと。

本多税理士事務所の休憩時間は十二時半から十三時半までで、そのあいだ本多先生は外に出る。隣のビルの喫茶店（カフェではない）で読書をして過ごすのだそうだ。わたしがここで働きはじめるずっと以前からの習慣だという。

留守番電話にして、ドアには「休憩中」の札をかけておく。戸締まりさえきちんとしておけば自由に外に出てかまわないと言われているのだが、わたしはお弁当を持参しているので緊急の用事がなければ事務所内で過ごす。

お弁当を食べ終え、歯磨きを済ませ、かばんから写真を取り出した。このあいだ観覧車に乗った時のものだ。乗りこむ前に写真を撮って、降りた後に気に入ったら買う、というシステムになっていた。早田さんがその写真売り場を素通りしようとしたので、勇気を出して「わたし、写真買います」と声を上げたのだった。

「まさか買うと思わなかったから気を抜いた顔で写ってしまった」と早田さんはしきりに

気にしていたが、わたしには笑っているように見える。口角が上がっているから、そう見えるのだ。早田さんにとってはこれが「気を抜いた顔」なのだ。気を抜いているのにかっこいいなんて、ずるい。

対するわたしは笑顔をつくったつもりだったのに頬がひきつっていて、はげしい腹痛に耐えている人のように見えた。

写真ってふしぎだ。

高校の体育祭は暑くてハードだった。中学の修学旅行はそれこそ突然の腹痛に見舞われて往生した記憶しかない。でも、アルバムを開くといかにも楽しそうなわたしの姿がある。

観覧車に乗る直前のわたしは目が眩《くら》むほど幸福だったはずなのに、写真の中のわたしはそう見えない。記憶とあとに残る画像が乖離《かいり》している。

けれども記憶はあやふやなものだ。わたしは自分が幼児だった頃のことをよく覚えているつもりだけど、それはもしかしたら、後から見た写真によってつくりあげられた可能性もある。その時の感情とは違うことを正しい記憶としてしまっていても、ふしぎではない。

だとしたら数十年後、わたしはこの写真を見て正確に思い出せるだろうか。観覧車に向かい合わせに座って、頬杖をついて夜景を見ている早田さんの横顔を何度も盗み見たこと。ずっと地上につかなければいいと何度も何度も願ったこと。早田さんがひとさし指でガラスをこつこつと叩いて「夜景ってきれいやけど、なんかちょっとさびしい気分にならへん？」とわたしを見たことを。

視線は写真の上にあってもわたしの意識ははるか彼方に飛んでおり、だからドアが開いたことに気づくのが遅れた。

「駒田さん」

「あ」

顔を上げた時にはもう、目の前にみつこさんが立っていた。

「なに、彼氏できたん？」

みつこさんは首を伸ばして、写真をのぞきこむ。

「そんな、そんな、そんなんじゃないです、まだ」

「まだ、ということはこれからなんやね」

みつこさんは不敵に笑い、本多先生の机の椅子を引いて腰掛けた。本多先生は隣の喫茶店に、と言いかけてやめた。娘であるみつこさんが長年の習慣を知らないはずがない。思ったとおり、すでに寄ってきたあとだという。

「おばあちゃんが入院してるから、そのことでね、ちょっと話をしてきた」

おばあちゃん、とは本多先生のお母さんのことだ。二十代前半で本多先生を産んだとすれば、現在は九十代といったところか。

みつこさんはアームレストに両腕を預け、椅子を二回転させて遊びはじめた。

「なにしているんですか」

「いやいや、値段の高い椅子は違うなあ、と思ってね」

へへ、と笑ってから、急にまじめな顔になる。

「横山《よこやま》さん、独立するんやて」

ああ、そうなんですか、と当たり障りなく答えようとして、胃のあたりがずしんと重くなる。もう平気だと思っていたけど、心より内臓が反応した。

勤務税理士だった横山さんは恰幅《かっぷく》の良い四十代の男の人だ。前の事務所で働いていた頃、コピーだとかデータ入力だとかをよく頼まれて、もちろん仕事だからぜんぶ引き受けていた。

やたらものをくれる人だった。チョコレートだとか、ペットボトルの飲料を買った時についていたおまけだとか他愛《たわい》もないものばかりだったから、「捨てるには忍びないが不要であるようなもの」を押しつけられているとしか思っていなかった。

スマートフォンの壁紙は奥さんと娘さんと息子さんの画像で、だから家族を大事にしている人なのだという印象があった。

忘年会の帰りに「あぶないから送っていくよ」と言われて、駅までだと思ったらなぜか同じ電車に乗りこんできた。横山さんの家は反対方向だというのに。

駒田ちゃんの部屋見たいな、と甘えるように言われて、わたしもようやく理解した。「それは困ります」と答えたら、横山さんはものすごく怒った。

ほんならなんであんな気をもたせるような態度とったんや、と電車の中で喚き散らした。乗客たちはみんなこっちを見ていたけど、誰も助けてはくれなかった。

アパートに帰ってから考えてみたけれども、わたしは自分が「気をもたせるような態度」をとっていたとはどうしても思えなかった。でも横山さんにとってはわたしが「頼まれた仕事を愛想良く引き受けた」とか「飲料のおまけ等を受け取った」ことで好意を持たれている、と感じていたのかもしれない。

翌日以降、横山さんは露骨にわたしを避けるようになった。なぜか、他の職員も。

事務所の男性たちのあいだでわたしは「妻帯者に気のあるそぶりをした女」と位置づけられたらしい。「たいしてかわいくもないくせに、なにか勘違いをしている」と言われたりもしていたという。所長から呼び出されて「あんまり風紀を乱さんといてほしいんやけどね」と告げられて、そのことを知った。

「駒田さんはそんな子やないって、ちゃんとわかってるよ」

そう言ってくれたのはみつこさんだけではなかった。横山はおかしい、気にしたらあかんよ、と言ってくれた人たちも、事務所内にたくさんいた。でもわたし自身がもうここで働くのは無理だと感じて、退職願を出した。

その横山さんが、あの事務所を辞めた。郷里である九州に帰って開業するために。

「そうですか」

やっと、それだけ言えた。

「うん。わざわざ伝える必要もないかなと思ったけど、大阪におる限りばったり出会う可能性とかもあったわけやん。せやから、もう安心して、って言いたくて」

「はい」

安心しました、と答えた。みつこさんがほっとしたように息を吐いたので、その返事はきっと「正解」だったのだろう。

横山さんにたいして、つめたくすればよかったんだろうか、と思ったことがある。恋愛対象でない相手にはとにかく冷淡に接して、いっさい笑顔を向けず、たとえチョコレート一個であっても受け取らないように。横山さんが九州に帰って、もう二度と顔を合わせずに済む存在になったとしても、その疑問はいまだ解決しない。

わたしはよく脳内で「反省会」をやる。参加者がわたし一名なので「自省会」と呼ぶべきかもしれない。いやそもそも「会」はおかしいのかもしれない。でもとにかく、やっている。人と会ったその日の夜、眠りにつく前に自分の言動や相手の反応を思い出して「ぐわあ」と頭を抱えたりするパターンが多いのだが、なかには繰り返し同じできごとを思い出し、「あれはどういうことだったのか?」ということをつきつめるための会もある。この場合は、「探究会」とでも呼ぶべきだろうか。

早田さんと一緒にいるあいだは、反省や探究をする余裕がない。もともとわたしは反射神経に難がある。相手が言ったことにたいして当意即妙の言葉が返せない。

視覚や聴覚による刺激も大きい。早田さんの自分とぜんぜん違う大きな手や、骨格や、意外と長いまつ毛や、口もとの清潔そうな感じや、笑った時に細くなる目や、そういったものを目《ま》の当たりにしていると頭がのぼせてくるというか、いろんなことがどうでもよくなってくる。うれしい、たのしい、すてき、ということだけで頭がいっぱいになる。

でもひとりになると、その時はどうでもいいと思っていたはずのものごとが、魚の小骨みたいに喉に引っかかっていることに気づく。たとえばつきあっている人はいない、とわたしが言った時の早田さんの「ずっと？　かわいいのにもったいないな」という返答。言われた瞬間は「かわいい」のほうに気を取られていたが、後になって「もったいない」がぐんぐんその存在感を増してきた。

誰かと恋愛関係を結ばないのは、早田さんにとっては「もったいない」ことなのだろうか。機会損失、みたいな話なのだろうか。自分の恋愛についても「もう」半年も前の話で「そろそろ彼女が欲しい」と言っていた。わたしにとっては半年前は「まだ」だ。お正月やお盆でさえ一年に一度しか来ないのに、早田さんの恋愛の機会は半年に一度でも少ないのだろうか。

「そろそろ彼女が欲しい」という口調に「もうそろそろこの財布も買い替え時かなー」みたいな軽さを感じた。世間ではふつうのことなのだろうか。そんなふうに感じるわたしのほうがおかしいのだろうか。

その後、デザートの皿を見て「わあ、おいしそう」といつもより高い声を上げた自分を思い出すと顔を覆いたくなる。あれは完全なる媚態《びたい》だった。ほとんど無意識だったにせよ、「このような態度をとれば早田さんはかわいいと思ってくれるのではないか」と判断したのだ。わたしってやつは、なんて恥ずかしいことをするんだろう。

ひとり反省会を進行しつつも仕事を終え、スマートフォンをのぞいたら実家からの着信が残っている。

最寄り駅で電車を降りて、歩きながら電話をかけなおす。

なにか変わったことはないか。困ったことは。体調は良いか。父はそういう質問をし、わたしはそれに答え、その都度「お父さんは？」と訊き返す。いつものやりとりだ。

「万智に転送した、あの同窓会の通知があっただろ」

「うん」

すでに欠席の返事を出してある。しばらく迷ったのち、大阪の住所は書かずに済ませた。とくに意味はないが、なんとなく知られたくない気がしたのだ。

父が言うには、あれから幹事なる人物から「延期になりました」という電話があったらしい。また日にちが決まったら連絡します、とのことだったという。

欠席の連絡が来た人にもいちいちそうやって連絡をするのだろうか。だとしたらたいへんな労力だ。現在の連絡先を書かなかったことが急に申し訳なくなる。

「万智、野菜食べてるか」

「食べてる。お父さんは」

「食べてるよ。いいね、ちゃんと緑黄色野菜を食べなさいよ」

「わかったってば」

でも野菜って高いんだよな、と思いながらドラッグストアに入った。トイレットペーパーだけ買って帰るつもりだったが、美華さんのメイクレッスンを受けて以来、それまでは近づきもしなかった化粧品の売り場がすごく気になるようになった。今日は買わない、見るだけ、と自分に言い聞かせて、足を踏み入れる。

口紅ひとつとっても数百円のものから数千円のものまでそろっていて、眺めているだけで時間を忘れてしまいそうになる。

美華さんはわたしの肌には青みがかった色が合うけれども、それしかだめだというわけではないので自分が塗ってみたいと思う色をどんどん試してみたらいい、と言っていた。

口紅の色を手の甲にのせていると、背後から肩を叩かれた。

「菊ちゃん」

まさかこんなところで会うとは思わなかった。最近、菊ちゃんはわたしの部屋に来なくなった。来る？　と聞くたび「忙しい」という返事で、あまりにも断られるので最近はわたしのほうからもあんまり連絡していなかったのだ。

だから顔を見るのは、一ヶ月ぶりぐらいかもしれない。ひさしぶりに会う菊ちゃんは、目の下がうっすらと黒くて頬もげっそりこけている。

「……どうしたの？」

「は？　どうもしてないけど」

ここ、すごくくさいから出ようよ、と菊ちゃんは出口にむかって顎をしゃくる。くさい、の意味がよくわからなかった。鼻を動かしてみても、べつにへんな臭いなんかしないのに。

「菊ちゃん、ごはん食べた？」

菊ちゃんは物憂《ものう》そうに首を振った。

「まだ」

「うちに、もやしのナムルあるよ。あと、なすを胡麻《ごま》だれに漬けたやつ」

「そういうのは、今はちょっと」

菊ちゃんはどんどん歩いていく。駅構内のファストフード店の前で立ち止まって、ここで食べようと言い出した。

「ここがいい。ここで食べたい」

「いいけど……」

店に足を踏み入れるなり、菊ちゃんがまた「ここ、くさいね」と顔をしかめた。

「そう？」

「煙草臭いよ」

注文カウンターをはさんで禁煙席と喫煙席に分かれているけど、たしかに喫煙席から煙が漏れてきている。それにしても菊ちゃんがこんなに匂いに敏感な人だとは知らなかった。

「じゃあ、持ち帰りにしてうちで食べよう」

菊ちゃんはフライドポテトのＬサイズだけを買った。さっき父から電話がかかってきたことを、歩きながら話した。

「同窓会延期の連絡があったって」

「うん、知ってる」

菊ちゃんが不機嫌そうなのは、同窓会が延期になったからなのかもしれない。かなり楽しみにしている様子だったし。

「まっちんが指輪つけるの、めずらしいね」

アパートの部屋のドアの前で鍵をたぐりよせるわたしの手元に、菊ちゃんの視線が注がれる。

「あ、うん……」

「しかもなに、化粧してるの」

了さんの「あつまり」に連れていかれ、そこで知り合った美華さんからメイクを教わったことなどをかいつまんで説明した。なんでまた急にそんな気になったの、と菊ちゃんが訝しんでいるので、早田さんのことも。

「じゃ、その人とつきあうの？」

「わかんないけど」

わかんないけど、そうなったらいいなと思っている。言いながら頬に血がのぼるのがわかった。なにか冷やかされるかと思ったが、菊ちゃんは退屈そうに「ふーん」と頷いただけだった。

いいんじゃない、と続けて、ファストフード店の紙袋をがさごそいわせる。フライドポテトを二、三本抜き取って、まとめて口に入れた。飲みこんでから、思い出したように「うまくいくといいね」とわたしを見た。

お葬式の時には「ご愁傷《しゅうしょう》さまです」と言うことになっている、そんなふうに聞こえた。「こういう時にはこう言うものだ」というマナーを踏襲したかのような平べったい口調に、どう返事をしていいかわからなくなった。美華さんたちみたいにキャーキャー盛り上がられても、それはそれで困るけれども。

塩のつぶと油でぎとぎとしているフライドポテトを、菊ちゃんはつぎつぎと口に押しこんでいく。「おいしい」と呟いているが、とても味わっているようには見えない。もこもこ動く頬とは対照的な瞳の虚《うつ》ろさが気にかかった。

「菊ちゃん、お茶淹れるね」

「水でいいよ」

流し台の前でこっそり振り返って眺める菊ちゃんのまるまった背中は、すごく遠かった。菊ちゃん、と心の中で呼ぶ。ねえ、菊ちゃん。菊ちゃん。呼ぶたびにその背中が、ますます遠くなる。


いかがですか、とカーテンの向こうから声がした。はい、と答える自分の声は思ったより落ちついていて、そのことにほっとした。

昔からショップの店員さんがなんとなく苦手だった。試着するのはもっとだ。カーテンを開けると、店員さんが「わあ」と「きゃあ」の中間のような、甲高い声を発する。

「すごくお似合いです！」

通勤用の服をおさがしですかと訊かれて「ええと」と口ごもったら、店員さんは「あ、もちろんデートの時にもぴったりです」とにっこりする。頬が熱くなった。

このあいだ、早田さんとごはんを食べた。早田さんの友だちが経営しているカフェのようなお店だった。カウンター席でラテアートの写真を撮っていた女の人も早田さんと顔見知りらしく、親しげに挨拶を交わしていた。

「彼女？」

お店の人にそう訊かれた早田さんは、なんでもないことのように「うん。そやで」と返事し、わたしはびっくりして飲みかけていた水をだばだばとこぼしてしまった。

「そうなんですか？」

そうなんですかって言うてるで早田くん、とお店の人は笑っていた。

「お前ちゃんと言わなあかんで、そういう大事なことは」

お店の人に小突かれた早田さんは、すこし困ったように肩をすくめていた。

「そしたら……つきあう？」

あ、はい。そう返事をするしかなかった。そんな経緯《いきさつ》でわたしは、早田さんの恋人となった。めでたい、という感じがあまりしなかったのは「えっ、こんなにあっさりしてるものなの？」と拍子抜けしたせいだ。誰かの恋人、という立場。それはきっと自分からすごく遠いものだと思っていたのに。ガム食べる？　あ、はい。みたいな軽さで手に入ってしまった。

もちろんうれしくはあるのだが。べつに、ひざまずいて花束を差し出されるような交際のはじまりを夢見ていたわけではないのだが。いや、若干夢見ていた節はあるかもしれませんね、とこの目の前の店員さんに話したくなる。わたしの手を引いて砂の上を歩んでくれる人とは、もっと特別な瞬間をもって「はじまり」とするのだ、と期待していたんでしょう。現実ってこんなもんだよね、なんていさぎよく笑うのが大人の態度なんでしょうか？　男女の交際って、ガム感覚ではじまるものなんですか？　違うでしょ？　でもね、店員さん、わたし言えなかったんです、早田さんと恋人同士になったうれしさで、飲みこんじゃったんですガムを、いや疑問を。だって「なんで？」って訊いたら「嫌なの？　じゃあ今のなしで」みたいに手のひらを返されそうで、それがこわいっていう、打算、そう打算が働いたんですね。ねえ、でもほんとうにあれでよかったんでしょうかねえ、店員さん……。

「……えっと、仕事でも、ふだんでも、着られる服が欲しいです」

店員さんのお仕事は洋服を売ることだ。客の個人的な悩みを聞くことではない。

灰色がかった青色のブラウスはてろりとした生地でできていて、たいへんに手触りが良い。店頭には青色の他に白、それからベージュがかったピンクのブラウスがそろっていた。白がいちばん無難だ、と思ったけれども、思いきって青色を選んでみた。

わたしは無難を卒業する。けれどもいかにベージュ寄りであっても、ピンクは選ばない。選べない。きっと似合わないに決まっているからだ。

店員さんは仕事だから誰にでもこんなふうに言うのかもしれないが、実際このブラウスはわたしに似合っている気がする。鏡の中のわたしはいつもよりすこし背筋が伸びて、堂々として見える。それと同時に、わたしの隣に立つ店員さんの華奢さに驚きもする。肉も薄いけど、骨そのものが細いのだろう。

まっちんって骨太だよね。高校の、体育の時間に、ある女子から言われた。たとえ骨であっても「太い」と言われるのはなんとなく抵抗があった。その女子からは「骨太の人はダイエットしないほうがいいんだって」とも言われた。どんなにがんばって痩せても華奢って感じにはならないから、だそうだ。

でも、そのことにわたしはもう落ちこまない。落ちこまない、と自分に言い聞かせているわけではなく、これがわたしなんだ、と思うようになりつつある。

「こっちも着てみますか？」

そう言われてはじめて、店員さんがピンクのブラウスがかかったハンガーを手にしていることに気づいた。

「さっき、ずっと見ていらしたので」

やわらかく微笑まれて、頬が熱くなった。

「いえ、あの、ぜったいに似合わないので」

「そんなことはないと思いますけど……」

店員さんはすこし眉を下げて、手元のブラウスと鏡の中のわたしを交互に見ている。

「けど、尻込みしちゃう気持ち、なんとなくわかります。好きな色と似合う色が違うこともありますよね」

でも好きな色って気持ちが上がりますよね、とにっこりする店員さんのまるい頬に入れられたチークがほんとうにきれいな桜色で、まつ毛が一本たりとも余すところなくばっちり持ち上がっていることに感心する。日々練習を重ねて、アイラインは以前よりうまくひけるようになってきた気がするけれども、まつげを持ち上げるあの道具のあつかいはいまだにうまくならない。

「それに、着慣れてない色の服を身につけると落ちつかなくなりそうで……」

わかります、わかります、と店員さんは頷く。

「だから私、好きな色は小物で取り入れるんです。靴とかバッグとかね」

とっておきの打ち明け話をするように、店員さんは口の横に手を添えている。

「な、なるほど」

「これとか、どうですか？」

店員さんが持ってきたスカートは試着したブラウスに似た青色で、けれども全体的に白とピンクの、大ぶりの花がいくつもプリントされていた。裾にむかってゆるやかに広がった形状をしている。

「顔から遠い位置に取り入れてみたら、気分が落ちつかないってこともないと思うんですよ」

「花柄……」

花柄かあ、と臆しつつも、鏡の前で合わせてみる。ほらあ、やっぱりすてきですよう、という店員さんの声を聞きながら、また頬が熱くなるのがわかった。

本多先生がおじいさんでよかった、としみじみ思う。いや、若い頃から本多先生は今みたいなスタンスで生きてきた人なのかもしれない。他人の服装というか外見についていっさい言及しない、といういさぎよいスタンス。わたしが突然化粧をして出勤するようになっても、新しいブラウスを着ていても、ほうっておいてくれる。

さらに言うと今までも「もっときちんとした服を着なさい」とか「お化粧はマナーです」と注意されたことなどもなくて、わたしにとってそれはとてもありがたいことだった。

以前勤めていた事務所や地元の会社では、そうではなかった。前髪をほんのちょっと切っただけで「あ、髪切った？」とか、新しい服を着ていったらすぐに「買ったの？」と訊いてくる人ばかりだった。男の人も、女の人もそうで、それがちょっと面倒だと思っていた。そういうことに気づく人は気づいてほしい人でもあるから、わたしも彼らの変化に気づくたびコメントしなければならないのだろうかといちいち気を揉《も》んでいたわけだ。

みつこさんもそうだった。たとえ五ミリでも髪を切ったら気づいてほしいと言っていて、しょっちゅう夫さんの「気づかなさ」にぷんぷん怒っていた。良い人だと思うけど、そこは意見が合わなかった。

要するにわたしは自分の意図せぬタイミングで注目されるのがこっぱずかしいのだ。

「駒田さん。私は今日はこのあと、お休みをいただきます。病院に行くので」

昼休みにいつもの喫茶店から帰ってきた本多先生が、やや唐突に切り出した。その表情には、ごくわずかに翳《かげ》りが見える。現在入院中のお母さんの容態が思わしくないらしい。

「そうですか、わかりました」

「いつものように、鍵を閉めて帰ってください。まあ、病院通いもじきに終わると思います。もう長くないでしょうから。年齢《とし》が年齢ですので」

さらりと口にしたように聞こえたが、親がもう長くない、という状況で平気でいられるはずがない。そうですか、とだけ答えて、手元の書類に視線を落とす。

明日はお休みをとって、早田さんと会うことになっている。それが楽しみでたまらないことに、というかそれを楽しみに今日の午後の仕事をがんばろうと思っていた自分にたいして、意味不明な不安すらおぼえる。

不謹慎、という感覚がいちばん近いかもしれない。わたしは不謹慎な人になりたくないのだ。

だけど、わたしが本多先生にしてあげられることなどじつはなにもなかった。わたしがどんなに申し訳ない気持ちになったって、そのことが本多先生の肉体および精神的な負担の軽減をもたらすわけじゃないし、本多先生のお母さんの容態に良い影響をおよぼすこともない。

ただわたしは、頼まれた仕事のすべてをそつなく正確にこなせるように気をつけるだけ。それだけしかできない。頬をぺちぺちと叩いてから、パソコンに向き直った。

早田さんは、いつも待ち合わせ場所に先に到着している。今日なんて二十分前に着くように家を出てきたのに、もうそこにいた。

名前を呼んだわけでもないのに、いちはやくわたしを見つけて、手を振ってくれる。

「すごいスカートやな」

それが第一声だった。あらためて、このあいだ買ったばかりのスカートを見おろす。結局、あの店員さんにすすめられて試着し、ブラウスと一緒に買ったのだ。すすめられたから、ではない。

身につけた瞬間に「わたしの服だ」と思えたのだ。いつも無難だからという理由でなんとなく選んだ、なんとなく似合っているかどうかもよくわからない服を着て、なんとなく居心地悪く過ごしていた。でもこのスカートをはいた瞬間、わたしのなかみはなに一つ変わっていないのに、世界と自分を遮る薄い膜のようなものがとっぱらわれたような感覚すらあった。

「え、すごいってどういう意味です……どういう意味？」

このあいだ電話で話していた時に「これからは敬語はなしにしよ」と言われたことを思い出し、ものすごくもたついた喋りかたになってしまった。

早田さんが言う「すごい」は、わたしが感じているこの感覚とはたぶん違う。どちらかというと否定的な意味合いが籠もっている。少し困ったように下がった眉を見れば、それがわかる。手のひらにじわりと汗が滲むのを感じる。

「いや、べつに深い意味はないけど？」

けど、なんなのだろう。早田さんがわたしから目を逸らす。

「おかしいって言うてるわけやないんやで」

おかしいと言っているわけではない早田さんはでも、「良いね」とも「似合ってるね」とも言ってはくれない。お店ではすごくいいと思ったのに、へんだったんだのか。似合ってなかったのか。口の中がからからに渇いている。失敗した。早田さんは、こういうのが好きじゃないんだ。うきうきしながらここまで歩いてきたことがすごく恥ずかしくなってくる。

どうしよう、という思いで頭がいっぱいになる。どうしよう。どうしよう。黙っていると、早田さんが「だいじょうぶ？」と顔をのぞきこんできた。その表情は、いつもどおりやさしい。気を遣ってくれているんだ、とわかった。

「万智子は太陽の塔って見たことある？」

「ありま……うん、ある。一回だけ」

住んでいる場所から、モノレール一本で行けると聞いたから、遠足気分でひとりで行ってみたのだ。あの尖ってるとこでつつかれたら痛いだろうなあという感想を抱いたことをよく覚えている。

「でも、今日行くところははじめて」

言い添えると、早田さんは「うん」とうれしそうな顔をした。どこかに遊びに行こうという話になって、わたしが海遊館には菊ちゃんと行ったことがあると言ったら「じゃあ海遊館はなしで」となった。楽しかったしもう一度行ってみたいという話もしたのに、早田さんはあくまでも「わたしが大阪に来てから一度も行ったことのない場所」に行くことにこだわって、じゃあ京都か須磨《すま》か万博記念公園の近くのニフレルだ、と主張した。

ホームの列に並んでいると、後ろに人が立った。にぎやかな、中年女性のグループだ。「バニラちゃん」「シルクちゃん」という声が聞こえてきて、なにげなく振り返ったらみんなペット用のキャリーケースを持っていた。メッシュ状の窓越しにトイプードルと目が合う。かわいい。近づいてもっとよく見たかったのだが、早田さんが「あ、やっぱ、あっちの車両に乗ろう」と突然列を離れたので、急いでついていく。さようなら、行きずりのトイプードル。

モノレールがホームにすべりこんでくる。意図したわけではなかったが乗ったのは一両目で、ガラスばりの運転席のすぐ後ろの席が空いていた。早田さんはそこに腰かけようとして、すぐに立ち上がる。

「どうぞ」

あとから乗ってきた親子連れが、どうも、と礼を言ってそこに座る。

「あそこ、運転席がよく見えるから」

子どもは運転席の見える席が好きだろう、という根拠に基づいて、譲ってあげたらしい。やさしい人だ。これだけのことで、また早田さんのことがさらに好きになる。

席はまだじゅうぶんに空いていたけど、二駅も過ぎると混んできた。乗ってきたお年寄りに席を譲る早田さんの動作は実になめらかで、何度も何度も、日常的にそれをおこなっている人のそれだった。一緒に立ち上がって、吊革につかまる。

「座っといたらええのに」

でも隣のほうがいいから、と答えると、早田さんのまつ毛がはにかむように揺れた。

万博記念公園駅で降りる人がかなり多くて、はぐれないように手を繋いで歩いた。

あれ、と思った。もっとこう「どうしよう……手汗が」とか「この胸の高鳴りが聞こえちゃったらどうしよう」みたいにあたふたするに違いないと思っていたのだが、わたしの手は乾いたままだったし、心臓もいたって尋常に動いている。

ピロピロという音がどこかから聞こえてきたと思ったら、早田さんのスマートフォンが鳴っているのだった。画面を見て、一瞬眉間に皺を寄せる。

「どうかした?」

「いや、なんでもない」

しばらくすると、またピロピロ鳴り出す。止《や》んだと思ったら、また鳴る。

「電話返したほうがよくないですか？」

待ってますので、と言うと、早田さんはようやく頷いた。

「ここで待ってて」

わたしから何メートルも離れたところまで歩いていってスマートフォンを耳に当てる早田さんを眺めていると、「なんですぐ電話にでえへんの！」という声が聞こえてきた。三メートル以上距離があるのに、よほど声が大きい人なのだろう。『Eternity』に行った時に見かけた上司らしき人かもしれない。そういえばこわい顔で「早田！」と呼び捨てにしていた。

早田さんは口もとを覆い隠すようにして喋っている。話の詳細はわからなかったけど、最後に電話の相手が「何回同じこと言わせんの！」と怒鳴《どな》ったのは聞こえた。

「ああ、ごめんごめん」

早田さんが戻ってきた。顔色がさえない。

「お仕事で、なにかトラブルがあったんですか？」

「いや、だいじょうぶ。うん、心配せんといて」

「でも……」

「女の子は、男の仕事の心配なんかせんでええんやで」

女の子は、という言いかたにちょっと引っかかったけど、なにがなんでも話したくないという気持ちだけは伝わってきた。

税理士事務所には守秘義務がある。顧問先の経理上の、あるいは時にはそれ以外のこみいった事情まで踏みこまざるを得ないため、ささいなことでも外部に情報を漏らさないように気を配る。早田さんの会社にもそういった義務はあるのだろう。深くは考えないことにした。

「あ、ていうか知ってた？　ニフレルって、ホワイトタイガーがおんねんで、万智子」

「……へえ、虎《とら》がいるんで……いるんだね」

「うん。あと、ワオキツネザル」

これから行く場所にホワイトタイガーがいることも、ワオキツネザルがいることも、じつはとうに知ってしまっている。早田さんとニフレルに行くのがうれしくて、毎日のように公式サイトを見ていて予習は万全なのだ。

でもここで「知ってる」と言ったら、早田さんががっかりしそうな気がするから黙っている。

知っていることを知らないふりをするのは媚《こび》だと思うし、「あー楽しみ」とはしゃいでみせる自分がまるで嘘をついているような気分になってくる。楽しみなのは、ほんとうの気持ちであるはずなのに。

「今日ってさあ、どっか泊まったりとかする?」

動物の話の続きのようなさりげなさで早田さんが言い出した。

「ええっ」

早田さんは、こんな唐突なタイミングで申し訳ないのだが、直前に切り出すと万智子は「心の準備ができていない」とか言いそうな気がしたし、考える時間が必要なんじゃないかなと思って、という趣旨のことを懸命に説明してくれるのだが、あまり頭に入ってこない。ならばせめて数日前に切り出してほしかった。「泊まりましょう」が「性行為をしましょう」という意味であることぐらい、わたしにだってわかる。

へんなたとえかもしれないけど、これからわたしたちはゲームみたいに「ステージ1　手つなぎ」「ステージ2　接吻《せっぷん》」というように、ひとつずつ順番にクリアしていくものだと思っていた。なのに早田さんはいきなりファイナルステージに進もうとしている。そんなことってある?　わたしの前提が間違ってるんですか?

「今日、きょ、今日、今日はちょっと」

ゆっくりと、早田さんの肩が落ちる。

「……そうか、うん、わかった」

スン、と鼻を鳴らして、小刻みに頷いている。

「ごめんなさい」

早田さんが嫌とかじゃなくてほんとに、と必死で言い添えた。

「うん、わかってるよ、うん」

これまで異性と交際したことがないので、性的な経験も皆無である。そのことは早田さんにはすでに話した。というか、質問に正直に答えていくうちにそうなった。

早田さんは「いいよ、待つから」と言ってくれて、それがうれしかった。でもその時も、そして今も「万智子のそういう純粋なところ、いいと思うから。そういうところが好きやから」とすこぶる寛大な態度で微笑まれると、なにか釈然としないものが残る。

なぜって異性との交際経験がないことと、心が純粋であることは、同じではないと思うからだ。

わたしは菊ちゃんと一緒に女性向けのアダルト動画を見たことがある。興味だってちゃんと(?)ある。男女が性行為をする際は唇を重ねたり、手指あるいは口唇《こうしん》を用いて胸部や臀部《でんぶ》等への接触をおこなったり、性器を結合して往復運動をおこなったりする、ということも知っている。実際の自分がその行為におよぶことについてはまだ正直びびっている、というだけの話だ。それを「純粋」と呼ぶのは、おかしい。そして「純粋」というのは、はたして良いことなのだろうか。これまでに何度となく開いたひとり反省会でも、いまだこの答えが見つかっていない。

早田さんが膝を曲げて、すくいあげるようにわたしの顔を見る。

「どうしたん？　万智子」

なんかむずかしいこと考えてる顔してるで、と笑っている早田さんに、この胸のもやもやを思い切って伝えてみようか。動画のくだりから話すべきなのだろうか。それともひとり反省会についての説明からするべきなのか。ためらいながら、ゆっくり口を開いた。

「で、結局言えなかったと」

「はい」

ゆっくりと頷いて、冬さんはわたしから離れた。すっと手が伸びて、黄色い缶を掴む。そのままそれが、買いものカゴに移動した。魚の絵が描いてあるから魚の缶詰なのだろうとぼんやり思いながら、あとをついていく。

早田さんと別れてから、そのまま帰るのがなんとなく嫌で大阪駅の中をぶらぶら、というか、うろうろしていた。駅の構内にあるスーパーマーケットになんとなく入って、外国の食品が多いなあ、近所の激安スーパーマーケットとは品揃えがひと味もふた味も違う、と感心していたら、背後から肩を叩かれたのだった。短い髪のあいだからのぞく耳たぶに銀色の輪が揺れていて、なんだかそれがみょうに尊く見えた。冬さんにはちょっと仏像っぽさがあるというか、拝みたくなるような雰囲気がある。

「冬さん、いつもここで買いものするんですか」

「いつもというわけではないけど、まあ」

万智子はなにしてんの、と問われるままに、今日一日のことを喋っている。ふんふんと相槌を打ちながら、冬さんは買いもののカゴに次から次へとものを入れていく。

「話戻るけど、毎回そうやって言いたいことを言えずに帰ってくんの？　早田隊員と会う時は」

「……毎回っていうか、まあ、わりと。あと、早田遠矢《とおや》さんです。やっぱり、だめですよね、ちゃんと言わないと」

言える関係になりたい。早田さんと。奥歯をごりごり噛みしめているわたしを一瞥《いちべつ》して、冬さんはパンを選びはじめる。わたしが毎朝食べている食パンのおよそ三倍ぐらいの値段の、まるくて大きなパンをこともなげにカゴに追加した。

「ええんちゃう？　べつに。思ったことなんか、ぜんぶ言う必要もないし」

「え、そう、そうですか？　本音を言い合えるのがいい関係なんじゃないんですか？」

「でも思ってること相手にぜんぶ言うたら、たいてい険悪になるから」

人間同士は絶対的にわかりあえない、というのが冬さんの持論らしかった。どんなに気が合うと言っても、他人は他人。自分のすべてを理解してもらいたいとも思わないし、いかに愛する相手でも、すべてを話してほしいとは思わないのだそうだ。

「それって、でも……」

「真実でも、正論でも、相手の状況とか状態いかんによっては、受け入れてもらえんこともあるしな。ぜんぶ話せるのがいい関係やとは、私は思ってない」

ところで今からうちに来る？　と冬さんに問われて「はい」と即答してしまった。五十代なのに三十代ぐらいに見える冬さん。どういう生活をしているのか、非常に興味がある。

「息子は旅行中やし、うち誰もおらんから。ゆっくりできると思う」

夫さんは？　という疑問を感じつつも、冬さんがじつにさらりとそれを口にしたので特別な理由ではないのだろうと思った。出張中とか、単身赴任でそこに住んでいないとか。

「そのスカート、いいね」

歩きながら、冬さんが言った。色がわたしの肌に映えるし、柄もいい、と。

「そうですか？」

あらためて見下ろしてみる。もう二度とはくまい。さっきまでは、そう思っていた。とくに、早田さんの前では。

「早田さんは、あんまり気に入らなかったみたいで」

「ふーん。単に女の服にたいするセンスがないだけちゃう？」

「そ、そんなことはないです」

日頃からドレスだとか、花だとか、そういったものに触れている人なのだ。わたしよりずっと、美的感覚は優れているはずだ。

「万智子でも男ウケみたいなん、気にするんやな」

「べ、べつに男の人みんなに好かれたいわけでは……！」

手汗、脇汗、鼻水、等々のものが一気にぶわっと噴き出した。わたしは早田さんに嫌われたくないだけだ。冬さんは「おんなじことやん」と首を振るけれども。

「ふ、冬さんは、料理教室をやってるんですよね」

話題を変えたい。ハンカチを額《ひたい》に当てる。汗が止まらなくなってきた。

「そう。ただしくは『やってた』」

以前は一軒家に住んでいて、自宅の広いキッチンで教室を開くことができた。

「マンションに越したからね、それでもう、やめた。知り合いに頼まれて個人レッスンみたいにやることはあるけど」

「そうでしたか」

大阪駅から歩いて行ける地域に、そのマンションはあるという。ここやで、と示された建物を見て「塔？」と呟かずにはいられなかった。

「とう？」

冬さんは怪訝《けげん》な顔をしているが、やっぱり塔だ。だって空に突きささりそうなほどに高くそびえ立っている。

近くに飲食店でもあるのか、風にのって油の匂いが漂ってきた。

「冬さんって、妊娠中つわりとかありましたか」

マンションのロビーを横切り、エレベーターに乗りこんだタイミングで訊ねてみた。

「あったよ。水飲んでも吐いてしまって、しんどかった」

「なんかこう特定の食べものが欲しくなったり、逆に好物を受けつけなくなったりするんですよね」

「そうそう。意外と酸《す》っぱいものは欲しくないねん、これがまた」

「意外と？」

「妊婦と言えば酸っぱいものを食べたがる、みたいな描写が多くて。昔のドラマとかマンガには」

へえ、そうなんですか、と答えたものの、冬さんがドラマを観たりマンガを読んだりする姿がうまくイメージできなくて、困った。

「そやねん、レモン丸かじりとかしてな。あとはこう、たとえばカレーとか食べようとして突然『ウッ』みたいな感じでトイレに駆けこんで、周囲の人が『ヨシコさん、あなたまさか……』みたいな」

冬さんは口もとに手を当てて吐き気をこらえる迫真の演技を披露してくれる。ヨシコさん？　誰？　そのあいだに、エレベーターは音も立てずに十九階に到着した。十九階、という数字にたじろぐ。それが最上階ではないことにも。

「私の時はゼリーかな。ゼリーを主食にしてた」

マンションの廊下には絨緞《じゅうたん》が敷いてあって、わたしたちの足音はすべて吸い取られてしまう。掃除がたいへんそうだ。泥だらけの靴で帰ってきたりしたらとんでもないことになりそうだけど、こういうところに住んでいる人はそもそも靴を外で泥だらけにしたりしないのかもしれない。

「周囲の人に聞いた限りでは、トマトとか、あとフライドポテトが多いかな」

フライドポテト、ですか。なるほど。わたしが発した相槌は足音と同じく絨緞に吸いこまれてしまいそうなほどに、か細かった。

モデルルームみたいな感じだろうか、というわたしの想像は、当たらずといえども遠からず、という感じだった。

家具はとてもおしゃれなのだが、ソファーに服が脱ぎ捨ててあったり、冷蔵庫にメモがべたべたはってあったりする。

「生活感がありますね」

「あたりまえやん。ここで生活してんねんから」

「いえ、そこがいいという意味です」

美しく整えられ過ぎた部屋に入ると、髪の毛一本落として帰れないぞという緊張感がみなぎる。

壁にはいくつものフォトフレームが飾られていて、映画で見た外国の家のようだと思った。冬さんに断りを入れてから、ひとつずつ見ていく。

白黒の写真がひとつある。おばあさんが縁側で座っている写真だった。割烹着《かっぽうぎ》を着て、ざるいっぱいに入った梅の実をひとつつまんで、カメラに笑顔を向けている。

「それ、祖母」

画面の右端に鶏が一羽、うつりこんでいる。和歌山にある実家で撮影されたものだという。

「いい写真ですね」

その隣には赤ちゃんを抱く冬さんの写真。なんてことない公園のベンチに座っているだけの構図なのだが、きれいな女の人がかわいい赤ちゃんを抱いていると、それだけでこれほど絵になるものなのかとため息が出る。

キッチンは、なるほど広くはない。

「嫌いなものとか、アレルギーとかなかったよな」

「アレルギーはありません。冬さんは？」

「ピーマン」

即答だったし、しかも小学生みたいな回答だったので、冬さんってかわいい人だな、と思う。

なにか手伝うことがあるかと訊くと、無言で手招きされた。黒いエプロンを渡される。

「そしたら、トマト切ってくれる？　一センチ角」

カウンターの端に新聞紙をかぶせた状態で置かれたボウルを、冬さんがすっと手元に引き寄せる。カラ、という音がして、のぞきこんだらやっぱりアサリだった。殻《から》から管をのばしにのばして、アサリたちは完全にリラックスしきっているように見えた。

「ねえ」

「のびのびしてますね」

しばし冬さんとふたりで、自宅の居間でくつろいでいるかのようなアサリを観察する。

「ちょっとかわいいですね。食べるのが申し訳ないような」

「うん。ま、食べるけどな」

フライパンにうつされたアサリが白ワインをふりかけられて熱せられていく。わたしが角切りにしたトマトが同じく角切りのアボカド（すでにこの状態で売られている、冷凍のものらしい）とともにオリーブオイルで和《あ》えられていく。うすく切ったバゲットがそえられているから、それにのせて食べるんだろう。

「手慣れてる。万智子は自炊派なんやね」

気がつくと、冬さんがわたしの手元を見ていた。

「……必要にせまられて、しかたなく、ですけど」

わたしはよほど暗い顔をしていたらしい。冬さんがぷっと噴き出す。

「なんなん、今度は」

「じつはさっきも、早田さんに同じようなことを訊かれたんです」

　ニフレルの水槽にはりつくタコを眺めているわたしの背後から、早田さんがきわめて気軽な調子で訊ねたのだ。そういえば料理できんの？　と。

　どう答えてよいのかわからなかった。なにをもって「できる」としているのか、早田さんの基準が謎だったからだ。たとえば魚を三枚におろせたら「できる」なのか、お造りにできるぐらいの腕前でないと認められないのか。

　たとえばカレーひとつにしても、市販のルーを使うと「それは料理とは呼べない」と言い出す人だっているぐらいだし、早田さんがそういうタイプだとすればわたしは「できない」のほうに入ってしまう。基準が人によって違い過ぎる。どう答えていいのかぜんぜんわからない。

「なにそれ」

　ははは。冬さんが明朗《めいろう》な笑い声をあげ、フライパンにかぶせた蓋《ふた》を取った。ぶわっと白い湯気があがる。きざんだパセリを散らされたアサリが人皿に盛られる。にんにくの良い香りがした。

「毎日自分の食事の用意してるんやろ、それは『できる』ってことでええんちゃう」

「でもめんどくさい日は、ふりかけご飯とインスタントのお味噌汁《みそしる》で終わりとか、けっこうありますから」

簡単なものしか用意しないよ、と言いながらアサリを蒸したり、ブルスケッタを用意するような冬さんとは違うのだ。

「そのご飯は自分で炊《た》くし、インスタントのお味噌汁にお湯注いでるんやろ？　じゅうぶんやってる」

早田さんは返事に窮しているわたしを見て「あ、困らせた？　もしかして」とこめかみを掻いて笑っていた。

「いや、べつにぜったい料理できなあかんってわけでもないしな」と続けて、さらに「俺はべつに気にせえへんから、そういうの」と寛大に微笑み、その後に「できるにこしたことはないと思うけど」と続けた。

それはそうだ。なにごとも、できないよりできるほうがいいだろう。しかし、早田さん自身はふだん台所に立たないのだという。

「炊飯器も持っていない」

だってめんどくさいやん。悪びれもせずにそう言い放った。

テーブルに移動した冬さんに、すべてをぶちまけた。

「それって、おかしくないですか？　早田さんは自分が日常的に料理をしない人なのに、なんでわたしには要求するんですか？」

できるにこしたことはないよね（女の子なんだし）とでも言いたげで、それが引っかかったのだ。

トマトとアボカドをバゲットにこんもりと盛っていた冬さんは、ちょうど口を大きく開いたところだった。そんなにこんもりさせたらぜったいこぼすだろうと思ったが、冬さんはきれいにそれを半分かじりとって、おいしそうに咀嚼《そしゃく》している。飲みこんでからようやく「どうせ、それも早田本人には言えんかったんやろ」と鼻を鳴らした。

「……そのとおりです」

わたしは『抱いた感情を言語化し、他人に伝えられる状態にまでまとめあげる』という作業にとても時間がかかる。よって、会話の瞬発力が致命的にない。

「言えなかった自分も嫌だったし、あの場で『料理できます』って主張するのも、なんだか嫌だったんです」

「なんで？」

なんで。また考えこんでしまう。冬さんは「ああ、ええよ。ゆっくり考えて」と片手を上げた。わたしが腕を組んで唸《うな》っているあいだにワインを飲み、アサリをどんどん片づけていく。

「すみません。わたしは頭の回転が遅くて」

そもそも、ひとりで開催すべき反省会に冬さんを巻きこんでいる、という申し訳なさのせいで、よけいに思考が鈍る。いたたまれない。

「うん。うちの息子も同じタイプやから、なんかわかる。そっくり」

自分はろくに料理ができないのに、他人には料理のスキルを求める早田さんのその考えかたに納得していないのに、「料理できます」と伝えることで早田さんから承認されようとするのはへんだ。

「めんどくさい子やなあ」

冬さんが天井を仰《あお》ぐ。ははははは、という大きな笑い声は、けれどもふしぎとわたしを傷つけなかった。

「そうなんです、めんどくさいんです」

「まあ、めんどくさくない子がいいかと言ったら、けっしてそうでもないけどな」

「そうですか？」

「めんどくさくない子って、要するにあつかいやすい子ってことやからね」

あつかいやすい子になる必要ないから、と断言する冬さんが頼もしい。

「ただ、万智子はさっき『男ウケ』って言葉にめちゃくちゃ反応したけど、私は、それがあかんことやとは言うてないで。早田から承認されたい、だから早田の好みに寄せる。なんにも悪くない」

好きな人に好かれたいと思うのは自然なことだ、という冬さんの言葉には、素直に頷ける。でも。

「早田さんの好みに寄せたわたしは、ほんとうのわたしではない、気がします」

「あー。ほんとうのわたしを好きになってほしい、ってことやな」

「そう、です」

「じゃあ『ほんとうのわたし』で行くしかないね。そのスカートはいてる自分、料理はするけど料理ができるということで評価されるのは嫌な自分こそがほんとうの自分なんやと思ってるなら」

「わたしは今後、この問題をどうあつかえば良いのでしょう」

「それは知らん。自分で考えなさい」

しょんぼりとブルスケッタを齧《かじ》る。オリーブオイルの良い香りがして、とてもおいしい。しょんぼりしていても、どんどん食べられてしまう。注《つ》いでもらった白ワインは青りんごのような香りがして、こちらもするすると喉を通る。

「ほんとうのわたしなどというものは実際はどこにも存在していない、というこの世の真実はさておき」

　冬さんがワイングラスをテーブルに置く。さておいてはいけない重要な発言のような気がしたが、いったいどういうことですかと訊ねても、答えてくれない。

「ちょっとたいへんかもしれんね、その早田とつきあうのは」

「どうしてですか?」

「話聞く限り、女に慣れてない感じがする。苦労するかもね」

　いや、そんなはずはない。職場でも女性のスタッフに囲まれているし、姉がふたりもいるし、年間に正月が来る回数より多く恋愛の機会がある人なのだ。

「あー、そういう問題やないねん。だってつきあった人数が多いってことは、それだけ長くひとりの相手とは続いたことがないってことやんか」

「え、でも」

「言いかたが悪いかな。女に慣れてないっていうより、女との信頼関係をつくっていくことに慣れてない、って言えばいいかな。わかる?」

「……わかりません」

　わからないけど、そればかりは頷けない。だって冬さんは、早田さんに会ったことがないのだから。実際会えば、そんなことはないとわかるはずだ。

まあ万智子たちの問題やからね、とひとりで納得して、冬さんはワインを注ぎ足す。

「あ、そういえば聞いた？　ほら、あんたんとこの先生のお母さんのこと」

「え、本多先生のことですか？」

冬さんの口から出るには意外な名前すぎて、思わず背筋をのばした。

「そう、その人。了さんの昔の恋人」

知っていたのか。もちろん友だちなのだから、知っていてもおかしくはない。

「その本多先生の娘がな、このあいだ了さんとこに来たんやって」

「へえ、みつこさんが？」

いや娘の名前は知らんけど、と冬さんが一瞬眉をひそめて白ワインを呷《あお》る。白い喉が大きく動いた。

「お祖母《ばあ》さんがもう長くないから、死装束としてドレスをつくってほしいって、そう頼みにきたらしいわ」

死装束にウェディングドレス。そのことに驚きはしたが、冬さんの眉をひそめさせているポイントはそこではないようだ。

「おかしくない？　そもそも了さんたちの結婚がだめになったのは、そのお祖母さんが猛反対したからって聞いたけど？」

「そうなんですか」

婚約を解消した話は聞いたが、理由については了さんは「いろいろ」としか言わなかった。冬さん曰く、本多先生はお母さんから「親子の縁を切る」とまで言われて、それで了さんが「身を引いた」のだという。

「なんでわざわざ了さんにドレスをオーダーすんの？　おかしいわ」

冬さんはきのう了さんを訪ねて、その話を聞いたらしい。

「図々しいんちゃうの、その娘《こ》」

みつこさんはそんな人ではありません、とかばえるほど、わたしはみつこさんのことを知らない。語れるのはただ「わたしにはとても親切な人であった」ということだ。

「それで、了さんはそのオーダーを引き受けたんでしょうか」

「まだ返事はしてないって。迷ってるみたい。いくら何十年も昔のことって言うたってさあ、ちょっとさあ」

話しながら興奮してきたのか、冬さんはワインを注ぎ足しては呷るという動作を繰り返している。

「あの、飲み過ぎでは」

おそるおそる声をかけた時、チャイムが鳴った。存外しっかりとした足取りで、冬さんがモニターに向かっていく。受話器から男性の声が漏れ聞こえてきた。友だちが来てるから、と小声で冬さんが言っている。こころなしか、困ったような口調で。

冬さんから「友だち」と認識してもらえていることがうれしい。けれどももしかしたら、わたしは邪魔者になりつつあるのかもしれなかった。受話器を戻した冬さんに「あの、そろそろおいとまします」と告げた。

冬さんはなぜか弾かれたようにわたしを見て、それからプッと噴き出した。

「ごめんごめん、なんか『おいとま』ってひさしぶりに聞いたから」

死語だったのだろうか。遠縁のおじさんの家を訪ねて帰る時などに父がよく「万智、そろそろおいとましようか」と言っていたから、ふつうの言葉だと思っていた。

「だいじょうぶ、ゆっくりしていってよ」

同じマンションの住人が、たくさんいちごをもらったから持っていっていいかと声をかけてくれただけだ、と冬さんは立ち上がろうとするわたしの肩をぐっと押さえる。うすらぼんやりとした違和感が広がったが、口に出しはしなかった。

「いちご、すごくたくさんあるらしいから万智子も持って帰って」

「こういう街でも、そういうおつきあいがあるんですね」

故郷にいた頃は、しょっちゅうあった。近所の人が自分の畑でとれた野菜とか、あるいは釣ってきた魚とかをおすそわけしてくれるのだ。手渡してくれればよいものを、シャイなのか面倒なのか、黙って玄関先に置いていく。袋にもいれられずにぽつんと置かれたかぼちゃやキャベツを見るたびに、わたしは『ごんぎつね』を連想した。「近所の人、お前だったのか」と呟いたところを父に見られて、気恥ずかしい思いをしたことも一度や二度ではない。

「あるある。けっこうある」

同じマンションの住人同士でバーベキュー大会やホームパーティーが開かれているらしい。その話をする冬さんの口調がみょうにひらべったく乾いているので、「楽しそうですね」と無難に返すべきか、「けっこうめんどくさそうですね」と正直に答えるべきか迷った。

もう一度チャイムが鳴る。

冬さんが玄関に向かう。「同じマンションの住人」と話す声が聞こえてくる。

いちご狩り、というような単語が漏れ聞こえてきた。声が近づいてくる。いちごを持ってきた「同じマンションの住人」は、なぜか冬さんとともに中に入ってきたのだった。

どうもこんばんは、と灰色の髪をしたその男の人は、わたしに笑いかける。後ろからついてきた冬さんが「この人、タケオさん」と紹介した。十人中九人が「清潔感がある」「背が高くてすてき」と表現しそうな、あるいはもしかしたら「シュッとしてる」かもしれないが、とにかくそんな感じの男の人だった。

「駒田です」

「税理士事務所に勤めてるんだって？」

タケオさんはニコニコしている。あいにく名刺を切らしているのだが自分は小さな会社を経営していて、良い税理士をさがしているのだというようなことを要領よく、かつ歯切れよく述べた。

「勤めていると言っても、わたしは税理士ではないので」

「そうなの？　お茶くみさんなの？」

お茶くみさん、という言い方ははじめて聞いたが、要するに「雑用」と言いたいのだろう。まあ、と頷いておいた。

事務所の名前だけでも教えてよ、と言われて、本多先生の事務所の名と電話番号を手帳に書いて、やぶって渡した。わたしは「切らしている」どころか、名刺そのものを持っていないから。

タケオさんはそれをろくに見もせずにポケットにしまう。

「冬さんが『友だち』なんて言うからどんな人かと思ったけど、ずいぶん若い女の子でびっくりしたよ」

わたしも最初、了さんから「友だち」として美華さんや冬さんを紹介された時は、彼女たちの年齢差に驚いた。でもこの人に同じようなことを言われるのは、うまく言えないけれどもすごく不愉快だった。

「あの、わたしやっぱりおいとまします。もう時間も遅いし」

あまり遅くなると、明日の仕事に差し支える。事務作業というのは地味で単調であるがゆえに、つまらないミスを引き起こしやすい。そして「つまらないミス」がのちのち大きなトラブルに繋がることだってある。

「万智子、いちご持って帰って」

キッチンに入った冬さんが、透明のパックに入ったいちごを紙袋につめてくれた。「いえ、こんなにたくさんもらえません」と遠慮しようとしたが、甘い香りに負けた。

「もらいます。ありがとうございます」

「またおいで。楽しかった」

「わたしもです」

玄関先でそんな言葉を交わしていると、タケオさんが来た。同じタイミングで帰るのかと思ったが、靴をはく気配はない。どうもまだここに居座るつもりらしい。さりげなく視線を送ったが、当の冬さんが困っている様子もないので、そのまま部屋を出た。

扉が閉まる瞬間、なにげなく振り返ってみた。なにげなく、ではなかったかもしれない。わたしは、確かめたかったのかもしれない。それでも目を合わせる勇気はなくて、視線が下に向いた。だから、手が見えた。

タケオさんの左手は冬さんの右手に重ねられていた。そうしてその薬指には、金色の指輪が光っていた。

ずんずん歩きながら、口の中で何度も「なんかやだ」と繰り返した。タケオ、もうこのさい呼び捨てにしてしまうがタケオは、ほんとうに「同じマンションの住人」なんだろうか。かりにそれがほんとうのことだとしても、と思いかけた時「いやいや、そんなわけないって！」と頭の中でもうひとりの自分が叫ぶ。

まっちんってばバカなの？　呆れたように笑うもうひとりの自分。どう考えてもただの知り合いって雰囲気じゃなかったでしょ、冬さんとあの男。わたしの脳内の「もうひとりの自分」は、なぜか菊ちゃんにちょっと似ている。

「そっかー。うわあ」

思わず声に出てしまった。

高校生の時アルバイトしていた回転ずしの店長はパートの主婦の人と「デキている」ともっぱらの評判だったし、小学生の時、同級生同士の父母がそういう関係であると、その家の子どもから打ち明けられたこともある。

婚姻関係を結んだ相手がありながらべつの相手と交際をする、という行為を、わたしは子どもの頃からずっと軽蔑《けいべつ》してきた。不倫、という単語も微妙に美しく言い過ぎな感じがして、自分では使いたくない。

タケオは、ほんとうは税理士なんてさがしていなかったんだろう。冬さんと関わりのあるわたしを見たかったのか、それとも見せつけたかったのか。見せびらかしたかった、のほうが正しいか。本来ならば誰にも秘密にしておくべき事柄を、あえて無害な他人に見せびらかしたい、という発想も嫌だ。はっきり言って気持ちが悪い。仏像みたいな冬さんがそんなことをしているなんて。

JRも京阪電車もまあまあ混んでいて、アルコールの匂いのする乗客も多い。さっきワインを飲んだわたしもその一員なのだが。

身体の向きを変えたら、紙袋ががさっと音をたてる。いちごの香りが鼻腔《びこう》をついた。気分が悪いから捨ててしまおうか、と思ったけど、自分にそれができないことはわかっていた。だって、食べものに罪はない。ひとりでは食べきれない量だが、いちごはジャムにしてもいいし、シロップにするという手もある。こんなきれいないちご、むだにしてはならない。

アパートの前に誰かがうずくまっていた。見慣れた、小さな身体。前に会った時より、全体的に身体つきがまるくなったようにも見える。

「菊ちゃん」

「遅いよ、まっちん」

見ると、スマートフォンに何件もメッセージが入っていた。

「ごめん、電車乗ってて」

お酒臭い、と顔をしかめる菊ちゃんから顔を背けるようにして、鍵を開ける。

「菊ちゃん、いちご食べる？」

前みたいに「いらない」と言うのかと思ったけど、菊ちゃんは「うん、食べたいかも」と答えた。

さっと洗って、皿に盛る。足を投げ出して座っていた菊ちゃんが大儀そうに身を乗り出して、さっそくひとつつまんだ。

「なにかあったの？」

菊ちゃんの唇からいちごの果汁がたれる。ティッシュの箱を押しやりながら、もう一度訊いた。

「なにかあったの？　菊ちゃん」

べつに、というのが、菊ちゃんの答えだった。

「べつに。ねーコンデンスミルクないの？」

「ないよ、そんなぜいたくなもの」

ぜいたくって、と鼻で笑う菊ちゃんは「でも、まあ、たしかにね」としみじみ頷く。あーあ、とこぼれたため息が重たく、すりきれた畳《たたみ》に転がる。

「お金ないってつらいよね」

「つらい……まあ、つらいかな」

そう言いながら、わたしもいちごを口に入れる。タケオと冬さんの重なった手を思い出してまた気分がどんよりしたが、いちごはおいしい。

いちごはなにもかけずに、加工もせずに、そのまま食べるのがきっといちばんおいしい。こんなにしっかり甘くてみずみずしいのだから。

「そういえば、高二の時ゆかちゃんがお弁当に入れてきたいちごが傷《いた》んでてさー」

ゆかちゃん、というのは高校の頃菊ちゃんが属していたグループの子だ。校内では、かわいくて目立つ女の子たち、という位置づけだったように思う。

昔の話をする菊ちゃんは楽しそうだった。いちごもぱくぱく食べ続けて、ジャムにするぶんは残らなそうだ。

機嫌のいい菊ちゃんと話していると、以前に戻ったみたいな気がして、だから、自然に声をかけられた。

「ねえ、菊ちゃん」

「ん？」

菊ちゃんは、またひとついちごを口に入れたところだった。大きないちごだったから、頬がまるくふくらんだ。

「菊ちゃん、妊娠してるんじゃない？」

ふくらんだ頬がリズミカルに動き出す。菊ちゃんがじっとわたしを見ているから、わたしもそのまま、視線を逸らさないようにがんばった。

ごくん、と音を立てて喉が上下して、それから菊ちゃんの唇が、ゆっくりと開く。

遠い昔の、冬の朝のことを、わたしは思い出している。

菊ちゃんが蹴ったサッカーボールは勢いよく飛んでいって、ゴールの向こう側に落ちた。わたしたちが通っていた高校では冬のあいだも、体育の時間に長袖のジャージを着ることが許されていなかった。短パンと半袖の体操服では、どれほど動きまわっても身体は冷えたままだった。根性も忍耐も、衣服のかわりにはならない。

「もー、なにしてんの菊田《きくた》」

ゴールをはずした菊ちゃんはみんなにつっこまれて「ごめーん」と両手を合わせていた。わたしはでも、青い空を背景に弧《こ》を描くボールがなぜか長いこと忘れられず、その後も何度か思い出した。そののびやかな光景は、菊ちゃん本人よりも菊ちゃんらしい気がした。

その頃は菊ちゃんではなく菊田さんと呼んでいて、それほど仲良くもなかったくせに勝手にそう思っていた。彼女のことなど、なにも知らなかったくせに。

菊ちゃんは今、わたしの目の前でふてくされたようにそっぽを向いている。

「だとしたら、なに」

ようやく菊ちゃんが言葉を発した。だとしたら、なに。そう言われて、今度はわたしが黙りこむ番だった。でも否定しないということは、まちがいないのだろう。菊ちゃんは妊娠している。

「結婚とか、するの」

「しないよ」

今度は即答だった。

「え、じゃあ……」

「産むよ」

後ろ手をついたまま斜め下に視線を落としている菊ちゃんの腹部を見つめる。胸の下で切り替えのあるゆったりとしたシルエットの服を着ているせいでわかりにくいけれども、あの中に菊ちゃんとは別の生命体が育ちつつあるのだ。

「どうして結婚しないの、その、相手の人とは。結婚できないような相手だってこと?」

「……それ、まっちんに説明しなきゃいけないことなの?」

わたしは菊ちゃんのことを、今でもなにも知らない。唐突にそのことを思い知る。

菊ちゃんと話をしていて、たまに「線を引かれた」と感じることがあった。ここから先は踏みこんでくれるなという、無言の拒絶。そういう時はさりげなく話題を変えるようにしていた。

「今までは……今までは菊ちゃんが話したくないことは話してくれなくてもいいと思ってたから、でも」

なにそれ、と顔を上げた菊ちゃんの視線の強さに、思わず口ごもる。

「まっちんがいつもわたしの話に興味なさそうにしてるから、だから話さなかっただけでしょ?」

「興味ないとか、そんなことないって」

「それなのになんで、今さらわたしのせいにするの」

　菊ちゃんのせいとか、そんな話はしていない。思わぬ角度から怒りを向けられて、正直困惑している。なんでも話し合えるのが友だちの条件じゃないはずだ、と言いかけて飲みこんだ。ほんとうにそうだろうか。菊ちゃんの言うとおり、わたしは自分で思っているほど菊ちゃんに興味を持っていなかったのかもしれない。

「なんなの、今まで興味なかったくせに、いきなり根掘り葉掘り」

　まっちんはさ、と言いかけて、菊ちゃんはぐしゃぐしゃと頭を掻く。

「……いい、やっぱり」

「ちゃんと言ってよ」

「いい。なんかまっちん怒ってるし」

「怒ってないよ」

「まっちんはまじめだから、結婚しないで子ども産むとかそういうの信じられないって感じでしょ。お説教なら聞く気ない」

菊ちゃんの目に涙が浮かんでいる。帰るね、と立ち上がりかけた腕を急いで摑んだ。

「待ってよ」

「もういいから」

良くないよ、と答えた声はほとんど悲鳴みたいになってしまった。

「いい。だいたい、まっちんと話すことなんかない」

「じゃあ、じゃあなんで部屋の前で待ってたの」

菊ちゃんがぱっと顔を背ける。表情はわからないけど、涙がぼろぼろとこぼれたのはわかった。

「わたしが必要だったから、来てくれたんじゃないの？」

「でも、まっちん怒ってるから、もうやだ」

「怒ってない、怒ってないよ。そもそもなんでわたしが菊ちゃんに怒るの？」

とにかく落ちつこう、いったん落ちつこう、と菊ちゃんを座らせる。お茶を淹れようとしたのだが、菊ちゃんがしゃくりあげながらも「カ、カフェインはだめなんだからね、わかってる？」と言うので、牛乳をあたためた。

「お砂糖はだめじゃないんだよね？」

「たぶん」

よくわからないけど、今は甘いほうがいいような気がする。甘くしたホットミルクに口をつける頃には、菊ちゃんは泣き止んでいた。

「ありがとう」

まだ誰にも話してないの、親にも、と菊ちゃんはうつむく。生理が遅れているのに気づき、妊娠検査薬を試したのだという。陽性反応を目にした瞬間、とっさに「産む」と思ったらしい。「産みたい」ではなく、「産む」と。

「でも、それでもやっぱり、ほんとうに正しい選択かどうかは自信がない」

さっきわたしが発した「どうして結婚しないの」に、咎めるような気配を感じてしまったのだという。

「ごめん」

そんなつもりじゃなかった、とは言わなかった。「咎めるような」という言葉に、内心どきりとしている。たしかにそういう気持ちがすこしもなかったかと言われたら、嘘になる。

「その……子どもの父親の人は、知ってるの、妊娠のこと」

「知らない」

その一、相手が既婚者。

その二、一夜限りの情事だったので、相手の連絡先もわからない。

わたしのけっして豊かではない想像力では、どれほどがんばってもそのふたつしか浮かばなかった。

「……結婚してる、とか？」

迷った末に「その一」を挙げてみた。

沈黙が答えなのだろう。菊ちゃんはテーブルに置いたマグカップを抱えこむように背中を丸める。

「店長だよ」

菊ちゃんの勤め先であるスーパーマーケットの店長。あの保湿力の高いティッシュひと箱とかマグロの刺身一柵とか、わけのわからない贈りものをしてくる人。

「店長さんとつきあってたってこと？」

「まっちんには黙ってたけどね」

それは、わたしが興味なさそうに見えたせいなのだろうか。そう問うと菊ちゃんは首を振る。

「だってまっちんって潔癖だから、わたしのこと軽蔑してくるんだろうなと思ってさ。言えなかった」

「そっか……」

誰だって軽蔑されたくないでしょ、と菊ちゃんが首をすくめる。じゃあ軽蔑されるような行為をしなきゃいいのに、という言葉はぎりぎりのところで飲みこんだ。

「とりあえず、家の人には話したほうがいいと思うよ」

「わかってる」

今一度、菊ちゃんのお腹に目をやる。視線に気づいた菊ちゃんが「触ってみる?」とかすかに笑った。

「いや、いい」

とっさに発した声は、自分で想像していたよりもずっと硬かった。

「……あ、そう」

引きつった菊ちゃんの頬から目を背ける。

わたしはたった今この人を傷つけたんだ。それがわかったけど、もうどうすることもできない。

だって、なんだか。顔を洗いながら、起きた瞬間に思ったことを、また思った。だって、なんだか。そのあとが続かない。無意識に言葉にすべきではないことだと感じているのかもしれない。

顔を洗う時は、いつもばっしゃばっしゃと盛大に水を使う。洗面台の外に飛び散ってもおかまいなしに。そうしないときれいにならないような気がする。

だけど今朝はどんなに洗っても、ちっともきれいにならないように思える。なにかうっすらと黒いものが皮膚を覆っていて、それがわたしを苦しくさせる。

既婚者とのあいだにできた子どもをひとりで産み、育てようという決心をした菊ちゃんに、わたしは「がんばれ」と言えなかった。それどころか、その子が今育ちつつある菊ちゃんのお腹に触れることもできなかった。触れたくない、とすら感じた。

クリームチークを中指にとって、頬にのせた。パウダー状のものよりつややかに仕上がる、と美華さんにおすすめされたのだが、たまにつけすぎて発熱した人みたいになってしまう。慎重に慎重に指を動かして、頬を赤く染めていく。

化粧をするようになってから、以前より鏡を見るようになった。最初はへんなふうに剝《は》げたりしていないかチェックするために見ていたのだが、最近は「マスカラ、今日はうまく塗れたな」とか「このアイカラーは、部屋の中より太陽光の下で見るほうが色が良いな」なんて思いながら見ている時もある。

子どもの頃にやった塗り絵に似ている。はみ出さずに塗れたり、色の組み合わせがうまくいくと、すごく楽しい。

蜂蜜《はちみつ》をぬったトーストとりんごという簡単な朝食を済ませて、前日に選んでおいた服に袖を通す。新しい靴に足を入れると、朝食と身支度を済ませるあいだずっと消えることのなかった「うっすらと黒いものに皮膚を覆われているような感覚」がほんのすこし和らいだ。

お給料日に買った靴だった。十六色のバレエシューズが円を描くようにディスプレイされていて、お店に入ってすぐに、この銀色が目にとまった。

灰色にシルバーのラメをまぶしたような、見れば見るほどすてきな靴だ。今までのわたしならぜったいに買わなかったはずだ。でもその時はごく自然に店員さんに「履いてみてもいいですか」と言えた。はじめて履くバレエシューズはやわらかく軽く、どこへでも歩いていけそうに思える。

銀の靴。子どもの頃に読んだ『オズの魔法使い』に出てきた。かかとを三回打ち鳴らすと、どこでも好きな場所に連れていってくれるのだ。大人になってから観た映画ではルビーの靴になっていたけど。

駅に向かって歩きながら、自然と早足になる。今日は仕事が終わってから、早田さんに会える。明後日は土曜日で、了さんから「あつまり」に誘われてもいる。

出勤すると、机の上に複数のクリアファイルが置かれていた。ひとつひとつに本多先生の字で「要入力　今週中」とか「要郵送準備　〇日マデ」と書かれたふせんがはられている。期日のはやい順番に積み直して、いちばん上から処理していった。本多先生は今日は午前中は税務署、午後は京都市内の顧問先に行く予定になっているから事務所には顔を出さない。留守番をするあいだにも掃除はいつもどおりにやるし、電話もどしどしかかってくる。ひとりでも忙しく一日を終えた。

古いビルだからか、玄関の扉は鉄製で、大きくて重たい。外に出たら、歩道の木のそばに早田さんが立っていた。今日は自分は仕事が休みだからわたしの職場の近くまで出てくる、仕事が終わったら連絡して、と言われていたのだが、まさか事務所の前で待ってくれているとは思わなかった。

うつむいてスマートフォンをいじっているせいで、早田さんはわたしに気がつかない。眉間にはぎゅっと皺が寄っている。声をかけそびれて立ちつくしていると、ふいに早田さんが顔を上げた。

「あ、お疲れ」

目尻が下がってやさしい顔になったから、わたしもようやく「お疲れさま」と言うことができた。

「なんか難しい顔してたから、今声かけていいのかなって迷っちゃって」

「ああ……。ちょっとな。じつは、二番目の姉が離婚するかもって連絡してきて」

　お姉さんの夫が会社の部下と浮気をしたことを知り、どうしても許せないので離婚を考えている。要約すると、そういう事情らしかった。

　その部下とは長期にわたって交際していたわけではなく、義兄の言い分を信用するならば「ただの一度のアクシデント的なもの」であり、早田さんはそれを理由として二番目のお姉さんに今回は水に流してやったらどうか、と言いたいらしかった。相手の女の人に子どもができたとかならまだしもさあ、と言われて、いやがおうでも菊ちゃんの顔が思い浮かぶ。

「気持ちはわかるけど離婚とかさ……そんな簡単に結論出す必要はないって言うてんねんけどな、今は頭に血がのぼってるんかして、ぜんぜん聞く耳持たへんねん」

　それで、いちばん上の姉と母親も交えてどうすればいいのか話し合っているらしい。きょうだいの誰かの離婚問題を他のきょうだいが「話し合う」ということが一般的なのかどうか、わたしにはわからない。それよりも早田さんが「簡単に結論を出す」と決めつけていることのほうが気にかかる。

　もしわたしが早田さんと結婚していて、早田さんが自分以外の誰かと関係を持ったら、それはやっぱりかなしいし、ふざけるなと思うに違いない。それを通り越して気持ち悪いとすら感じるかもしれない。顔も見たくないとか、同じ空気を吸うのも耐えられない、なども。お姉さんが悩んで悩んで、出した答えが離婚だったんじゃないだろうか。それを「簡単に」とは。

「お姉さんは、どうしてもがまんできなかったんじゃないのかな」

「でも姉夫婦には子どももおるんやで。離婚するって親がひとり欠けるってことやで。かわいそうやんか」

「……親がひとり欠けるってそんなに『かわいそう』なの？　わたしはそうは思わない」

そら、と言いかけて、早田さんが息を呑む。万智子のお母さんは亡くなったんやろ、それとこれとは事情が違うやん、などと早口で続けるのだが、わたしはそういうことが言いたいのではない。

けれども早田さんの話だけを聞いてわたしが意見を述べるのも（求められたならともかく）すこし違う気がする。

「まあ、また会って話すけど、姉とは」

早田さんの家は、お父さんがはやくに亡くなっている。ふたりのお姉さんとお母さんと早田さんの四人でずっと暮らしてきた。長男である自分がしっかりしなければ、と末っ子ながら責任を感じつつ生きてきたという。

お姉さんが自身の離婚について弟に意見を求めるのは、そうした経緯もあるのだろうか。

「実際、姉らもそう言うてきたしな。お前は男やねんから、って」

力仕事はぜんぶ早田さんの役目だった。ゴキブリを退治するのも、新しい家電を設置するのも、電球を交換するのも、ぜんぶ。

「同じ重さの荷物を持つことが平等なわけじゃない、だよね」

はじめて会った日のことを思い出した。同じ重さの荷物を持つのが平等なわけじゃない、とわたしに言った。それでも嫌なのだと言ったら「わかりますよ」と言ってくれた。もし誰かに早田さんをいつ好きになったのかと訊かれたら、あの日からだと答えるだろう。

そのすこし前、早田さんは歩道に落ちていたぬいぐるみを拾っていた。誰かに踏まれたり、蹴られたりしないようにガードレールの下に置いてあげていた。わたしはそれまで、性別が違うということはものすごく大きな隔たりだと思っていた。でも早田さんに会った時、「同じだ」とわかった。この人とわたしのなかに同じものがある、と確信した。その瞬間にはっきりと言葉にして考えたわけではないけど、今思い出してみればそういうことだった。

男だからこういう考えかたをするとか、女だからこういう習性を持っているとか、そういうんじゃなくて、性別に関係なく、自分と同じような感覚を持つ人がこの世にはいるんだということが、ぱっと理解できた。

思い出したら、なんだか涙が滲みそうになる。わたしは、やっぱり早田さんが好きなんだ。あらためてその思いが強くなる。だけど早田さんはわたしをちらっと見て「そう？　でも平等を求めるんやったら持つ努力をするべきなんちゃう？」と首を傾げる。

一瞬、頭が真っ白になった。だって、と呟く声が震える。

「だって、早田さんがそう言ったんじゃない」

「え、いつ？　覚えてない」

早田さんは今たぶんお姉さんの問題で頭がいっぱいになっている。それは伝わってくる。でも、自分が言ったことを忘れてしまうなんて、それはさすがにおかしい。

「はじめて会った日に言ったよ……」

「はじめて会った日って……え、どうやったっけ。円城寺さんと一緒に『Eternity』に来たんやったっけ」

愕然《がくぜん》として、立ち止まる。勢いあまってつんのめった。バレエシューズが脱げてしまい、急いで履き直す。

早田さんは、わたしとはじめて会った日のことをちゃんと覚えていない。わたしが何度も何度も思い出した日のことが、早田さんの記憶には存在していない。

「覚えてないけど……そしたら、その時はそう思ってたんちゃう？　それか、話を合わせようとしたか」

とにかく今は姉たちの話をしているのであって、と早田さんは咳払《せき》いをする。

「あの人たちは一個荷物持ってあげたらあれもこれも、って押しつけてくるタイプやねん。女としてこう、なんていうか、とにかく万智子とは違う」

「同じだよ」

「違うって。ぜんぜん違う生きものなんや。自己主張もはげしいし、わがままやし、あいつらは」

女、とひとくくりにされるのは腹が立つことだ。でも、「違う」と断言されたことにも同じ怒りを覚える。だってちゃんとなかみを知ろうとしてくれないのは、どっちも一緒だから。

「違うって、どうしてわかるの」

「どうしてって言われても」

「わたしのことなんか、なんにもわかってないくせに」

早田さんが一瞬、目を大きく見開いた。

「どういう意味」

「そのまんまの意味だよ」

「それは、そっちも同じちゃうの？　俺のことわかってないのは」

早田さんが額に手を当てる。ち、と舌打ちしたのを、わたしは聞き逃さなかった。好きな人に舌打ちされているという事実が、わたしを打ちのめす。「そっち」と呼ばれたことも。

早田さんは「もうええわ」と呟いて、来た道を引き返しはじめた。

「……今日はもう帰ろ。万智子、なんか機嫌悪いみたいやし」

機嫌は悪くない。どっちかというと、早田さんのほうが機嫌が悪いんじゃないだろうか。

菊ちゃんといい、早田さんといい、すぐにわたしの気持ちを決めつけて、離れていこうとする。駅に向かってどんどん歩いていく早田さんの背中を、わたしは追いかけなかった。歩道に立ちつくしているせいで、道行く人から迷惑そうに睨みつけられる。そうしてわたしはいとも簡単に、人混みに紛れた早田さんの背中を見失った。夕闇の中では銀色のバレエシューズはただの灰色にしか見えず、かかとを三度打ち鳴らしても、どこかへ連れて行ってくれそうもない。

今回の「あつまり」は、飲食店ではなかった。美華さんのマンションに集合、という連絡があって、了さんとともに向かった。

今日は仮縫いのお客さんがひとりだけだったのだが、この人が突然デザインを大きく変更したいと言い出して、かなり長引いた。十七時には出る予定だったのだが、もう十八時を過ぎている。おまけにすこし前に雨が降り出したようだった。

了さんが貸してくれたビニール傘は、もう何年も使っていなかったもののようで、開こうとするとばりばりと音がした。風も強くて、美華さんのマンションについた頃にはスカートの裾がじっとりと濡《ぬ》れていた。

「早田さんとは、最近どう？」

エレベーターに乗りこむ直前、了さんから訊かれた。ええと、と言ったっきり、なにも言えなくなってしまう。どう説明すればいいのだろう。喧嘩した、というのもちょっと違う気がする。

「いえね、このあいだ、ちょっと気になる話を聞いて。パワハラっていうの？」

『Eternity』内の話らしい。誰が誰に、ということまでは聞いていないけど、了さんはどうも早田さんがその被害にあっているのではないか、と考えているようだ。

「早田さんはほら……さわやかでまじめな青年やと思うけど、まあすごく仕事ができるとか、そういうわけではないやんか。けっこう気が弱い感じもするし」

そうだろうか。わたしの目には、早田さんはいつもてきぱき仕事をこなしているように見える。わたしだって前の事務所でいたってまじめに働いていたつもりだけど、最後には「風紀を乱さんといてほしい」なんて言われて終わりだった。周囲の人の印象って、意外とあてにならない気がする。

「早田さんは、気は弱くないと思いますよ」

「そう？」

美華さんの部屋のドアの前に立った了さんはきゅっと眉をひそめる。チャイムを鳴らすと、すぐに美華さんが出てきた。

このあいだ通された部屋は大きな鏡があるだけのシンプルな小部屋だったけど、今日はリビングだ。カラフルなラグが敷いてあって、籐《とう》のチェアが置かれている。なんとなく南国風なこの部屋は美華さんによく似合っていた。

「良いお肉もらったからさー、急遽《きゅうきょ》予定変更ってことで」

キッチンにいた美華さんが平たい鍋を持って戻ってきた。あそこにある皿運んで、と指し示された先に、ネギや白滝を盛った皿がある。どうも、すき焼きのようだった。

熱された鉄製の鍋の上で白い牛脂が滑っていく。ネギをのせたらじゅっという音が鳴った。牛肉を焼いてから直接砂糖をまぶす。こういうやりかたを見たのははじめてで、わたしは手際よく菜箸で牛肉をひっくり返す美華さんの手つきを見守る。砂糖はまたたく間に溶けて、つややかに牛肉にまとわりついた。

そこにお酒とだし汁が加わって、くつくつ音をたてはじめる。美華さんが醬油を注ぎ入れると、すき焼きっぽい香りが部屋中に充満する。焼き豆腐と白滝と麩《ふ》と春菊が加えられる。実家ですき焼きをつくる時は麩を入れないので、どんな味がするのかうまく想像できない。

了さんは小鉢《こばち》に割り入れたたまごをときながら「おいしそうねえ」と、にこにこしている。

「さ、食べよ」

「冬さんを待たなくていいんですか」と訊ねると、美華さんは「ああ、欠席」と答え、それから了さんを見て、なんでもないことのように「離婚届、出したって、昨日」と続けた。

「ああ、そうなの」

了さんもまた、なんでもないことのように頷いて、お肉を口に入れた。まーやわらかい、と頬を押さえてうれしそうだ。

「離婚って……」

おおごと。一大事。なんでもいいけど、そんなにさらっと話すことじゃない気がする。

「もう何年も前から別居してたし、ようやくって感じよ」

美華さんはわたしの器にひょい、と春菊を入れる。

「あの、このあいだ、わたし冬さんのお家に行ったんですけど……」

壁にかかっていた写真たち。あの中には冬さんの夫がうつっていたものもあったのに。

「子どもにとっては父親やから、って言うてたからなあ、冬さん」

同じマンションの住人だという、突然部屋を訪ねてきたタケオのことを思い浮かべる。

どこがどうというわけではないが、なんとなくいけすかないタイプだった、ということはさておき、何年も前から夫と別居していたのならば、タケオはともかく冬さんの婚姻生活はすでに破綻していたということになる。

美華さんと了さんは、タケオの存在を知っているのか。その疑問は了さんの「ふうん。あの彼とはどうするんやろうねえ」という言葉であっさり解消される。

「さあ。それはでも、冬さんの自由やから」

そうね、そうや、と頷き合うふたりに、ちょっとちょっと、と割って入った。

「了さんも美華さんも知ってたんですか」

そういうのぜんぶ、と言ったら脈がはやくなった。箸で持ち上げたますますっかり冷めてしまった春菊に気づいて、口に入れる。舌の上に苦みが広がる。

「ぜんぶかどうかは不明やけど、冬さんが今まで話してくれたことは知ってる」

夫との不仲により、家を出たということ。息子さんが二十歳《はたち》になるまでは離婚はしないという取り決めだったが、その息子さんが「お母さん、もうええんちゃう?」と言い出し、離婚届を提出するに至ったこと。

冬さんとタケオとは以前からの知り合いであり、マンションを紹介してくれたのもあの人で、交際をはじめたのは別居後であることなど。でもタケオにもまた別居中の本妻がいること。

「……そうなんですか。あの男の人に会った時、正直冬さんのこと信じられないって思ったんですけど。でも、じゃあ、じゃあ、ギリギリ許せるような感じがしないでもない、かな……」

そういう事情があったのならまだ、というのがわたしの率直な感想だったのだが、美華さんはかたい表情で箸を置く。

「なにそれ。許すもなにも、これは冬さんたちの問題やろ」

「だって」

だって、いけないことでしょう。間違ったことは言っていないはずなのに、どうしてこんなにこわい顔で睨まれなければならないのだろう。

「配偶者がありながら他の人と関係を持つのは、いけないことですから」

「そうかもしれんけど、許すとか許さないとか、赤の他人のあんたが言うことではないよな」

「赤の他人って……冬さんは『友だち』って言ってくれましたけど」

「友だちは他人や」

美華さんの顔が、ゆっくりと背けられる。かたちの良い唇が歪《ゆが》んで息を吐くのをぼうぜんと眺めた。食事をしてもなお、唇はあざやかな赤色を保ったままだ。口紅の塗りかたは教わったけど、口紅を落とさずにものを食べるやりかたは教えてもらっていないな、とぜんぜん関係のないことを頭の隅で考える。

「わかんないです。それに、赤の他人でも許せないことは許せないって言いたいです」

「だーかーらー、正しいことであろうが間違ったことであろうが、冬さんの恋愛にあんたの許しは必要ないんやって。あとあんたギリギリ許せるとか言うたけど、許せんかったらどうするつもりなん？　『友だち』やめるつもりやったん？」

「……それは」

また菊ちゃんの顔が浮かぶ。間違ったことをしている人と友だちでいたくない、というわたしの感覚は、そんなにも責められるべきものなのか。

了さんは黙って、わたしたちのやりとりを見ている。

「あんたが自分の思う『正しい生きかた』を実践するのは勝手やけどな。それを盾に他人を裁くのはどうなん。ちょっと傲慢《ごうまん》なんとちゃう？」

自分の手が無意識にスカートをぎゅっと握っているのに気がついた。よほど手に汗をかいていたらしく、スカートは若干湿って皺が寄っている。

このところずっと誰かを怒らせたり傷つけたり、そんなことばかり繰り返している。泣きそうになったけど、舌の先を軽く嚙んでこらえた。こうすると涙は引っこむ。以前漫画で読んだ。

泣いてはいけない。この状況でわたしが泣いたら、美華さんが悪者みたいになってしまう。

「繰り返すけど、あんたが正しい人間としかつきあいたくないって言うなら、それはそれでええと思うよ。あんたの勝手。でもわたしはこれからも冬さんと友だちでいたい。たとえ正しい人ではなくてもな。だって正解がわかってもそっちを選びたくない時は、誰にだってあるもん」

美華さんはそこで言葉を切って、しばらくテーブルの上を見つめていた。鍋の中ではすき焼きが煮詰まっている。了さんがそっと手を伸ばして、火を消した。

「もちろん万智子とも、これからもふつうに会いたいよ」

美華さんはそう言ってくれたけれども、「一応つけたしました」という気配が濃厚すぎて、素直に頷くことができなかった。

すき焼きおいしかったね、と帰り道、了さんが言った。はい、と答えたけど、ほんとうは途中から味なんかほとんどわからなかった。いつのまにか雨は止んでいて、了さんは閉じた傘を杖《つえ》のようにしている。

了さんの「あつまり」に連れていかれて、美華さんや冬さんと知り合った。美しい女の人たちの仲間に入れてもらってうれしかったし、自分自身もすこしずつ以前と変わってきているような気がしていたけど、ほんとうはなにも変わっていなかった。わたしは世間知らずで偏狭《へんきょう》なうえに、おまけに美華さんの言葉を借りれば傲慢さまで持ち合わせている。

指折り数えれば果てしなく欠点が出てきそうだし、「傲慢」に関しては、今の今まで自覚すらなかった。

「すき焼きはおいしいけど、食べたあと喉が渇くね」

了さんの言葉に相槌を打ったつもりが、「うあ」という間抜けな声が出てしまった。喉がカラカラに渇いているのは自分が動揺しているせいだと思っていたが、すき焼きのせいだったのか。

「お茶飲んで行きましょうね」

了さんはわたしの手をとって、どんどん進んでいく。と言っても、了さんはゆっくりしか歩けない。「どこかにきっといい店が」ときょろきょろしているから、なおさら速度が遅くなる。カフェらしき店はいくつかあったが、すでに店じまいをしているところがほとんどだった。

紅茶が飲めたらどこでもいいんだけどねえと了さんはわたしを振り返る。ようやくカフェを見つけた。

仲の良さそうな男女や若い女の子のグループ、ノートパソコンを開いている学生風の一団などで、店内はまあまあの混みようだった。

了さんに席をとってもらうことにして、わたしはカウンターに並ぶ。紅茶とカプチーノを買ってからトレイを両手に持ったまま店の中を見回した。了さんは窓に面したカウンター席にいた。

隣に腰かけると、了さんはありがとう、と紅茶のカップに手を伸ばす。

「熱いね」

熱湯にティーバッグをぽちゃんと入れただけの紅茶だ。それはたしかに、熱いだろう。

わたしは自分のカップの中でカプチーノの白い泡がすこしずつ萎《しぼ》んでいくのを見つめていた。なんでこんなものを注文してしまったのだろうと突然思う。べつに好きでもなんでもないのに。

「美華さんのこと怒らせましたよね、わたし」

へなへなした声が、目の前のガラスにぶつかってわたしの額を打つ。声同様に情けない表情の自分がうつっているに違いないと思ったら顔が上げられなくなった。

「そうね。あれはかなり怒っとったわ」

了さんが紅茶に息をふきかける。近くのテーブルでわーっと歓声が上がった。女の子四人のグループだ。「神戸《こうべ》」とか「三宮《さんのみや》」とかという地名が漏れ聞こえてくる。遊びに行く計画でも立てているのだろうか。彼女たちは学生だろうか。いずれにしても同年代だろう。声を合わせて笑う様子がうらやましくて、涙が出そうになる。

年が近ければわかりあえるなんて、もちろん思っていないけれども。

「怒らせたって、ええやないの、べつに」

了さんは頬杖をついて、おもしろそうにわたしを見ていた。

「あなたは思っていることを言って、それを聞いた美華さんが怒った。ただそれだけ。それとも誰かに怒られたら主張を曲げるの？　自分の意見を言う時は、殴られる覚悟が必要よ」

「殴られたくないんです」

「わがままやねえ。万智子さん、お家でのご飯の時なんかに『好き嫌いはいけません』と言われたことある？」

「あります。家よりは、給食の時間に言われることのほうが多かったかもしれません」

残さずぜんぶ食べましょう、と言われ続けてきた。

「その人の好きな部分だけじゃなく、嫌いな部分もすべて受け入れて許さないと、友だちにはなられへんの？」

美華さんのことも、冬さんのことも、ついでにわたしのことも、すべてが好きというわけではない、と了さんはきっぱりと言い切った。

「あなたのその融通の利かなくて、あんまり冗談が通じないところとか、わかりやすく落ちこんでみせたあげく平気で年配者に気を遣わせるようなところとか、美華さんがすぐに飲みものをこぼすところも、冬さんのちょっとあぶなっかしいところも知ってるけど、まあ……それがあなたたちなんやな、と思ってますよ」

他のふたりよりわたしだけ指摘が多いことは気になるが、神妙に頷いておいた。

「はじめて会った日のこと、覚えてる？」

了さんとはじめて会った日。ほんの数ヶ月前のことなのに、遠い昔みたいに思える。頭の上にリボンやレースが落ちてきて、花束みたいだと言われた日。

「万智子さんは、わたしの腕時計を預かる時にハンカチを出したのよね」

「傷つけちゃいけないので」

高価そうだから、という理由もあったが、その腕時計をはずす時の了さんの手つきを見て、きっとこの人の大切なものなのだろうと感じた。

「この子は信頼に足る。そう思った」

だから手伝いに来てほしいと本多さんに頼んだのよ、と笑う了さんから視線をはずして、ようやくカプチーノに口をつけた。まだほんのり温かくて、それだけのことになぜか胸をしめつけられる。

「誰でもよかったわけやないの。あなたに、来てほしかった」

今ようやく、美華さんの言ったことが腑《ふ》に落ちた。

冬さんの事情。美華さんの怒り。菊ちゃんの不安と、早田さんの苛立《いらだ》ち。わたしはそれらを、もっと尊重すべきだった。彼らの心は、彼ら自身のものだった。わたしはただ欠けたり不用意に傷をつけることのないように、そっと手のひらにのせればよかった。正しいとか、間違っているとか、賢《さか》しらにジャッジするよりもっと大切なことがあったはずなのに。

「さあ、この話はもう終わり。いつまでも落ちこまんといてちょうだい」

「うっとうしいから、ですか?」

いつだったか美華さんにそう切り捨てられたことを思い出して言ってみると、了さんは

「ふふん、ようわかってるやないの」と唇の端を持ち上げた。

了さんがバッグからスケッチブックを取り出した。デザイン画を描く時、了さんはいつも筆ペンを使う。やわらかくて、いちばん描きやすいのだという。す、す、と筆ペンが動いて、人のかたちになる。

ラップタイプのドレスで、前側に大きなリボンがついている。

「前開きなんですね」

迷いなく筆ペンを動かす了さんの横顔を見るのが好きだ。いつもふんわり微笑んでいる

人なのに、デザインを考えている時だけ気難しそうに口角が下がる。とっつきにくい印象になるけど、そこに憧れる。

「寝てる状態の人にも着せやすいでしょう」

死装束を頼まれたのよ、と呟いた時に、ようやく筆ペンの動きが止まった。

「……本多先生のお母さまですね」

「ええ」

スケッチブックにうつむいた了さんの顔からは表情が読み取れない。

「引き受けるんですか」

「最初は断ったのよ。そうしたら本多さんの娘さんが今度は、死装束じゃなくていいから、とにかく祖母にドレスを着せたいって連絡してきて」

みつこさんはどうしてそんなにドレスにこだわっているのだろう、ということにひっかかっていたせいか、了さんの背中が震えていることに気づくのに時間がかかった。気づくのに、というより、目の当たりにしていながら反応するのが遅れた。

「了さん、だいじょうぶですか」

ためらいがちにその背中に触れながら、肉の薄さに驚く。頼りない感触がまだ手に残っている。こんなに華奢な人だったなんて、知らなかった。

「昔のことやと、思ってたのに」

了さんの声もまた、かすかに震えていた。

「……はい」

「昔のことなんやから、もう平気やって。でも、そうでもなかったみたい」

ああもう、と掠《かす》れた声を漏らした了さんはガラスにうつっている自分の顔をのぞきこんで、頬を軽く叩いた。

「七十超えたおばあさんのくせにねえ」

そんな依頼なんか、断ってしまえばいい。みつこさんには悪いけど、そう思った。了さんにこんな顔をさせるぐらいなら、いっそわたしが出向いて「できません」と言ってやりたい。それなのに了さんは「明日、病院に行くわ。もう、いつどうなるかわからへん状態らしいし……」などと首を振っている。

「ほんとうにだいじょうぶですか」

「すべての女の人に自分が美しいと気づいてもらうことが、わたしの仕事やもの」

たとえ一度は「死ねばいいのに」って思った相手でもね、と呟いて了さんは引きつった笑みを浮かべる。

死ねばいいのに。本多先生のお母さんにたいして、了さんはかつてそう思っていたのか。ひどいとは思わなかった。そう思ってしまうほどのできごとだったのだ。了さんにとっては。

「病院にはわたしもついて行きます」

ひとりでは行かせたくなかった。了さんは「頼りにしてるわ」と呟いたけど、ほんとうはぜんぜんそう思っていないことはわかっていた。まったく頼りにならない助手でも、それでも「ひとりでは行かせたくない」と思っている人間がここにいることだけは、了さんに知っていてほしい。

近くのテーブルにいた女の子たちがまた一斉に笑い声を上げる。ガラスの向こうでは夜がいっそう色濃くなって、水たまりに反射した車のライトがまぶしくわたしの目を射た。

めったに風邪もひかないし、怪我《けが》をした経験もほとんどない。それでも病院はかつて、わたしにとってはとても行き慣れた場所だった。母の入院が長かったせいだ。

故郷の町でいちばん古い病院だった。廊下は深い緑色で、学校の黒板の色にそっくりだった。黒板はどうして黒くないのに黒板と呼ぶのだろうと、あの廊下を歩くたびに考えていた。どうでもいいことで頭をいっぱいにしておきたかった。そうすれば、衰弱していく母について考えずに済むから。

本多先生のお母さんが入院している総合病院の廊下は明るいクリーム色だった。外来の待合室は吹き抜けになっている。高いところにいくつも窓があって、目が痛くなるほど明るい。

病院の中にエスカレーターがあることに驚いた。通院患者と思われる人も病院のスタッフとおぼしき人もものの慣れた様子で利用しているけれども、わたしはびっくりしてそちらばかり見てしまう。

了さんもまた落ちつかない様子で周囲を見回しているけど、理由はわたしのそれとはずいぶん違っているはずだ。

「ちょっと失礼」

唐突に立ち上がったと思ったら、トイレのほうに向かって歩いていった。本多先生からは「十時に外来の待合室で」と指定されていたのだが、なんだかんだで三十分もはやく到着してしまったのだ。

今から了さんが本多先生のお母さんと会うんだと思ったらわたしも緊張してきた。わたし今緊張してる、と自覚したとたんに喉の渇きをおぼえた。

自動販売機の前で、ふつうのコーヒーとカフェオレのどちらにするか悩んでいたら、下りのエスカレーターから「駒田さん」と呼ぶ本多先生の声がした。びっくりした拍子にカフェオレのボタンを押してしまった。しかも、つめたいのを飲むつもりだったのに温かいカフェオレのボタンが点滅している。かたん、と紙コップが落ちてくる音がした。

本多先生はひとりだった。売店に行くつもりでおりてきて、わたしを見つけたらしい。

「みつこさんは……?」

「病室にいます。来ているのなら連絡してくれたらよかったのに」

「お約束した時間より、ずいぶんはやかったので」

了さんはまだ戻ってこない。カフェオレを片手に長椅子に戻ると本多先生も隣に腰をおろす。

「売店はいいんですか」

「ああ」

本多先生は弾かれたように立ち上がり、すぐに「いえ、べつに、急ぐわけでは」と口をもごもごさせてふたたび座りこむ。こんな本多先生、はじめて見た。

了さんと本多先生が会うところを見るのは、もちろんはじめてではなかった。このあいだも決算についての打ち合わせのために了さんが事務所に来た。

その時、ふたりはいたって淡々とした様子で会社の状態について話していた。どこからどう見てもただの税理士と顧問先の社長にしか見えなかった。こんなふうにそわそわしたり、トイレに消えたまま戻ってこなかったりなんてことはなかった。

「お母さまは了さんとの結婚を反対されていたそうですね」

カフェオレをひとくち飲んで、思い切って言ってみる。本多先生はちょっと驚いたように目を見開いて、それから頷いた。

「結婚したら女性が家庭に入るのはあたりまえ、という考えかたがあたりまえの」

そういう時代、と言ってから、そういう人でした、と言い直した。本多先生のお父さんも税理士で、大きな事務所を構えていたという。いずれその事務所を継ぐことになっている息子を公私ともに支えてくれる人でなければならない、というのが本多先生のお母さんの出した結婚相手の条件で、そして了さんはその条件には合致しなかった。

「反対されたから、結婚をやめたんですか」

「ひとことで説明すると、そうなります」

本多先生が口もとをすぼめて、例の年寄りじみた表情をする。

「彼女にとっても私にとっても、その時は結婚をやめることがいちばん良い選択だった、ということです」

その後いろいろあって、結局本多先生はお父さんの事務所を継がずに開業した。でも、もうふたりには「やり直す」という選択肢はなかった。

愛しあっていたのならすべてを犠牲にしてでも一緒になるべきだった、とかそんなことが言いたいのではないけれども、本多先生を非難したい気持ちが浮かびあがる。抑えつけても飲みこんでも、また新たに浮かんでくる。でもこれはきっと了さんのためじゃない。わたしが自分の気持ちを勝手に投影して、勝手にむかついているだけなのだ。

ポラリス的な、という話をしていた、あの時の了さんの胸にあったのは、本多先生と過ごした日々だったんじゃないだろうか。

本多先生はさっさとほかの人とお見合いして結婚して子どもをつくって孫までできて、それでよかったのだろうけど、了さんはそのあいだずっとたったひとつの星を見上げて、生きてきた。

そんなのって、なんだか。

なんだかあんまりじゃないですかと口を開きかけた時、了さんが戻ってきた。

「お待たせしました」

あら、と口もとに手を当てる了さんの視線を辿っていくと、玄関から美華さんが入ってくるのが見えた。数歩遅れて、冬さんも後をついてくる。殺風景な場所に投げこまれた花束のように場違いな彼女たちの華やかさは、場違いすぎてみょうな迫力すらあった。ふたりはまっすぐに、こちらに向かって歩いてくる。

「どうして」

了さんはものすごく驚いた顔をしている。ということは、どうやら呼ばれて来たわけではないらしい。

「来るに決まってるやん」

「そうよ、友だちの正念場なんやから」

ふたりはすました顔でそう言って、本多先生をちらりと見た。

この状況にその言葉をあてはめる美華さんに圧倒されつつも、みょうに納得もした。そうか。これは、了さんの正念場なのだ。

「ありがとう、ありがとう」

了さんは何度も頷く。こころなしか、さっきより顔色が良くなったように見えた。

終わるまで待ってるから、と美華さんと冬さんは病院に併設されているカフェに入っていく。と思ったら、美華さんが踵《きびす》を返した。がしっと音の出そうな手つきで、了さんの腕に自分の腕を巻きつける。

「やっぱわたしも行く」

「え」

なんで？　わたしはわけがわからなかったが、本多先生と了さんがなにも言わないので、わたしも黙っていた。美華さんはなんの関係もない他人なのだが、でもよく考えたらわたしも同じだ。

「そしたら、私はひとりで待ってるから」

冬さんは大きなバスケットを抱えている。いったいなにを持ち歩いているのだろう。緊張しちゃう、と振り返った了さんがわたしに耳打ちする。

「わたし、了さんぐらいの年齢になったらすべてにおいて達観するのかと思っていました」

エスカレーターをのぼりながら、わたしも耳打ちを返した。年をとったらいろんなことが平気になって、少々のことでは動揺したり、焦ったりしなくなるのだろうと勝手に思っていた。

今日の了さんは仙女のようではないし、さっきから何度もそわそわとこちらを振り返る本多先生は、わたしの知っているいつもの冷静で尊敬できる先生とは違う。どちらも自分と同世代の人みたいに頼りない。

「とんでもない」

怒りも戸惑いもここに渦巻いてますよ、と了さんはまじめな顔で胸に手を当てた。

病室の戸がゆっくりと開け放たれる。特別料金を払って移ったという個室は、思ったより狭かった。

ベッドの脇に立っていたみつこさんがややかたい表情で、頭を下げる。わたしが同行しているとは思わなかったのか、びっくりしたようにかすかに上体を後ろにそらせた。さらに美華さんに気づいて、えっと小さく叫ぶ。

「あの、この人はいったい……」

美華さんがくるりと振り返り、みつこさんを睨みつける。

「円城寺了子の助手、美華です！」

疑わしそうにわたしに視線を送ってくるみつこさんに向かって頷いた。頷いただけだ、ぎりぎり嘘はついていない。

ベッドの上に仰向《あおむ》けになっている本多先生のお母さんは、とても小さく見えた。取りつけられた酸素マスクごしに、歯のない口が楕円《だえん》形に開いているのが見えた。両手を宙に浮かせて、なにかを摑むような動作を繰り返している。そのたび、酸素マスクが白く曇る。意識は混濁しており、会話はもう難しいという。

了さんがかばんからメジャーを取り出したので、わたしもあわててノートとペンを出して構えた。

「では、採寸をさせていただきますね」

ベッドに近づき、そう告げる頃には了さんは完全にいつもの調子を取り戻していた。骨ばった胴に、肩に、メジャーが当てられる。しばらくのあいだ、了さんの声とわたしがペンを走らせる音だけが病室に響いた。

「万智子さん、紙を」

採寸を終えた了さんは、わたしを見ずに片手だけを出す。スケッチブックと筆ペンを渡すと、立ったままページをめくり出した。そのまま筆ペンを走らせはじめるから、わたしは両手を広げてスケッチブックを支えた。

「ちょっとあなた」

みつこさんが金切り声を上げたので、はっと顔を上げる。いつのまにか美華さんがベッドに近づいて、枕元でごそごそ自分のかばんを探っていた。

「なにしてるの、いったい」

答えるかわりに、美華さんは金色のコンパクトと、チークブラシを取り出す。さっと酸素マスクを持ち上げたら、みつこさんがまた叫んだ。

「やめて！　なにすんの！」

すっとチークブラシで撫でられた本多先生のお母さんの頬が桃色に染まる。酸素マスクをすばやく戻した美華さんはみつこさんに向かってぞんざいに頭を下げ、さっさと病室を出ていってしまった。

「……なんなん、あの人いったい」

みつこさんは今や、怒るというよりは困惑していた。

「ごめんなさい」

美華さんの考えていることは、わたしにもよくわからないが、とりあえず謝っておきたい。了さんは顔も上げず、筆ペンを走らせ続けている。

本多先生がデザイン画を描く了さんを見ているのに気づいた。まばたきする間も惜しいのか、しっかりと目を見開いている。

病室を出てカフェテラスに向かうと、奥のテーブルにいた冬さんと美華さんが立ちあがった。

「まだおったん」

了さんが笑うと、待ってるって言うたやん、とふたりは頬をふくらませる。はよ外の空気吸いたいわ、と了さんが言うので、急ぎ足で病院を出た。

空に浮かぶもこもこした雲は、すでに夏のそれだった。まだ梅雨《つゆ》入りもしていないというのに。

「このさきにさあ」

先頭を歩いていた美華さんが振り返る。

「なんかええ感じの公園あったよな、来る時」

「あったあった」

冬さんが答えた。近くの公園まで、連れ立ってぞろぞろ歩いていく。

了さんの隣を歩いていた冬さんが、美華さんに並ぶ。ふたりの言う「ええ感じの公園」はけっこう広かった。大きな池のそばのあずまやを選んで、冬さんがバスケットをどさりと置いた。

「ああ、重かった」

バスケットから紙製の皿や容器がつぎからつぎへと出てきた。いかにも固そうなパンを、冬さんはすいすいとスライスしていく。かたまりのままのチーズとハムを切って、薄く切ったパンにのせる。

「万智子、胡椒《こしょう》平気やんな」

声をかけられてはじめて、今日顔を合わせてからこの瞬間まで、冬さんとひとことも会話をしていないことに気づいた。

「あ、はい……だいじょうぶ、です」

チーズの白と、ハムのピンクの上で、冬さんが胡椒を挽《ひ》いている。黒い雪みたいに、ふわりと舞う。いちばんお腹が空いてそうな顔をしているからという理由で、いちばん最初にわたしの前に皿が置かれた。

　ひとくち食べて「おいしい」と声が出る。保温容器から注がれたミネストローネから湯気が立つ。飲むとお腹がぽっと温かくなって、自分がとても空腹だったことに気づいた。さっきまで、それを感じる余裕すらなかった。

「そう？　おいしい？　よかった」

　やさしく笑う冬さんから視線を逸らした。直接本人にというわけではないけど、自分が冬さんについて語ったさまざまな言葉を思い出して、いたたまれなくなる。

　わたしは小さい。あまりにも。

「明日から、すぐに取りかからないとね」

　本多茂子《しげこ》さんのドレス、という了さんの言葉に、一瞬驚いた。病室のドアにかかったプレートの名を見落としていた。ただ「本多先生のお母さんであるお婆《ばあ》さん」と思っていた人には、あたりまえだけど、ちゃんと名前がある。

　ポケットの中でスマートフォンが短く鳴る。続けて、二度。ちらりと表示を見てから、かばんの底に押しこんだ。このあいだからずっと、早田さんからのメッセージを、わたしは無視し続けている。無視してやろう、と思っているわけではなく、どう返すべきなのかわからなくて、結果的に無視してしまっている。

あんなふうに喧嘩別れみたいになったのに、その翌日にはいたって尋常な様子で「今日は友だちと会うわ」とか「今日どう？　忙しい？」とかというメッセージを送ってくる早田さんが、意味がわからないというより、こわい。最近ではもう「好きだ」と思っていた自分の気持ちすら、わからなくなってきている。

うやむやにしてしまおうという算段なのだろうか。それとも早田さんにとっては、あのやりとりはたいしたことじゃなかったのだろうか。わからないので返信できない。

あとまわし。ひとりごちて、自分のかばんから目を逸らした。

あの、了さん。そっと呼びかけると、なに？　というふうに首を傾げる。

「……本多先生は、その、了さんの『ポラリス的なもの』でしたか？」

ポラリス的な、と復唱して、了さんはぼんやりと視線をさまよわせた。あの時話してくれたじゃないですか、と説明しても、どうにも反応が鈍い。

「わたしそんなこと、言うた？」

「言いましたよ」

「ええー」

眉根を寄せて、パンを齧っている。とぼけているようにも見えないし、どうやらほんとうに忘れてしまったらしい。

了さんから聞かされた時はとても重要な話だと思っていたのに、わたしの勘違いだったのだろうか。

「あの先生との恋は、了さんの中でどういうあつかいやったん？　万智子が訊きたいのはそういうことやろ？」

美華さんが「な、そうやろ？」とわたしの肩をばしばしと叩く。痛い。

「そうです」

「ああ……」

頰に手を当てて考えている了さんの言葉の続きを、固唾《かたず》を吞んで待った。固唾を吞む必要はないのかもしれないが、自然とそうなってしまった。

「本多さんは、大切な人やった。でも……」

「でも？」

美華さんと冬さんが同時に身を乗り出す。つきあいの長いふたりでも、くわしくは知らなかった話なのかもしれない。

「これまでの人生、ずっとあの人の思い出を大切に生きてきたかと言えば、違う」

「え、違うんですか？」

「そらそうよ。だって、わたしがいちばん大切にしてるのは、ドレスをつくること」

だってそれがわたしの仕事やからね、と胸に手を当てる。

「進む方向を間違えないように、いつも見上げているものがあるとすれば、その事実ね」

「それは恋人よりも仕事をとった、ということですか?」

「そういうわけではないの。でも、どれほど好きでも他人の存在を生きる指標にするなんて、そんなの……」

そんなの、なんなのだろう。かっこわるい、とか。あるいは、さびしい。でも顔を上げた了さんから発せられた言葉は、どちらでもなかった。

「おもしろくない」

「うん、おもんないよな」

美華さんが深く頷く。

さっき本多先生が了さんに向けていた視線もまた、恋とか愛とか未練とかいうものではなかった。仕事をしている人間への、混じりけのない敬意だった。

「自分の人生やもんねー」

了さんのそういうとこ大好き、と笑いながら、美華さんが了さんの肩にしなだれかかる。その肘《ひじ》がプラスチックの容器にあたって、紅茶がこぼれた。了さんがいつだったたか

「美華さんはしょっちゅう飲みものをこぼす」と言っていたことを思い出して笑いながら、ちょっとだけ涙が出た。

それから一週間も経たぬうちに、本多先生のお母さんは亡くなった。ドレスができあがった翌日のことだった。どうせなら生きているうちに着てほしいと了さんは願っていたのに、それは結局、叶わなかった。

葬儀は大阪市内の小さな斎場でおこなわれるという。

わたしは喪服を持っていなかったから、急遽買わなければならなくなった。

「まあでも、持っておいて損はないですよ」

ショッピングモールのフォーマルコーナーの店員さんがにっこり言って頷く。たしかにそのとおりだ。靴やバッグなども見繕ってもらうことにする。

「えっと、一括で」

クレジットカードを差し出しながら、またお金が減っていく、と焦っている自分が嫌だった。人がひとり亡くなっているというのに。

いずれスクールに通うための貯金はしているが、それでも予想外の出費には毎回悩んでしまう。お金のことを考えると、いつもうっすらとした不安に心が覆われる。足元がやわらかくなって、ふらつく。壁に手をついて、気持ちが落ちつくのを待った。わたしはいつか、砂の上から、脱出できるんだろうか？

「葬儀はいつですか」

「今日の十三時からです。このまま着ていこうと思って」

あらあらまああ、とあわてながら、店員さんがタグを切ってくれた。香典袋に名前を書くときは薄墨でね、なんて教えてもくれる。それはいちおう『マナー美人の五十七箇条』で読んだから知っていたが、神妙に頷いておいた。

はさみを使う店員さんの前髪に、白髪が一本ある。この人は五十代ぐらいかな、お母さんもこんな感じだったかな。そう思いかけたのをあわてて打ち消した。ちょっと親切にしただけでいちいち母の面影を重ねられたら、店員さんも気が重いだろう。

斎場に行く前にお昼を済ませておこうと、ショッピングモールのフードコートに入ったはいいが、ちっともお腹が空いていないことに気がついた。最初に目についたチェーン店のドーナツショップのトレイをとって、ドーナツをひとつだけ、トングで摑んだ。

日曜だからか、家族連れが目についた。若い男女の姿もちらほらと見える。にぎやかな場所でもぐもぐと口を動かしていると、アパートにひとりでいる時よりずっと、さびしいような気分になる。そそくさとトレイを戻し、ショッピングモールの外に出ると雨が降っていた。

かばんの底から折りたたみ傘を取り出す。傘をさしているはずなのにみょうに顔が濡れるなあと思って見上げたら、黒い折りたたみ傘には無数の小さな穴が開いていた。しばらく使っていなかったので、気づかなかった。

穴の開いた黒い傘。星空のようにも見える。濡れはするけれども、雨空の下を歩いているのに自分の頭上にだけ星空があるというのは、なかなか悪くなかった。まあ、濡れはするのだけれども。

バスに乗りこむころには、雨は止んだ。ギリギリに到着して驚いた。斎場にはほとんど人がいない。花もほんのぽっちりで、壁がさびしい。

本多先生のお母さんは九十代だった。夫の事務所の手伝いをしていたというが、仕事を引退してもう二十年以上経過している人のお葬式に来る人は、そう多くないのかもしれない。お葬式に人がたくさん来ることが、幸福な生涯の証明であるとはかぎらないが。

喪主である本多先生は、読経《どきょう》のあいだ静かに目を伏せて、背筋を伸ばしていた。仕事中に書類を読んでいる時となんら変わらない表情にも、どこか安堵《あんど》しているような表情にも見えた。安堵してしまう気持ちは、でも、わからなくもない。

その隣で、みつこさんは泣きじゃくっていた。ハンカチで口もとを押さえて、うっうっと肩を震わせ続けている。だいじょうぶかな、とみつこさんばかり見ているうちに出棺の前に花を入れる時間になった。

こういうのって近しい関係の人間じゃなくても入れていいんだろうか、と思ったが、葬儀社の人に花を手渡されてしまったので行かないわけにはいかなくなった。みつこさんがわたしに気づいて、歩み寄ってくる。

「駒田さん、来てくれたんや」

「あ、はい」

本多先生を呼びに行こうとするみつこさんを押しとどめる。

「だいじょうぶです、だいじょうぶなので」

「そう？　ほんなら」

顔見てやって、と棺の前に連れて行かれる。起き上がれない人にも着せやすい、前開きのドレスを着た本多先生のお母さんが花に囲まれていた。

ドレスの腰のところにリボンがついている。襟元をふわふわと縁取る大きなフリルは、痩せ衰えた首筋を隠してくれる。

花に囲まれた本多先生のお母さんは死んでいるのに、妖精みたいにかわいらしかった。

「円城寺さんが家まで届けてくれた。おばあちゃん、若い頃はお金がなくて苦労したらしくてねえ。花嫁衣裳も着てへんのよ。そのあともずっと仕事と家のことで忙しくて、こんなきれいなかっこう、はじめてしたんちゃうかなあ」

「そうでしたか」

了さんがどんな思いで遺体と対面したのか、それを勝手に想像するのはやめようと思った。いつか了さん自身から語られる機会があれば、その時は真摯《しんし》に耳を傾けようとも。

「みつこさんは、どうして了さんにあのドレスを頼んだんですか」

ドレスを着せたい気持ちはわかったけど、どうしてよりによって了さんに、と続けた言葉は、そろそろ出棺、という進行役の声に遮られる。

「このあと、時間ある？」

「はい」

火葬までつきあってよ、と言われて、そうした。火葬場は白く清潔で、焼き上がりを待つあいだにロビーでコーヒーを飲むこともできる。

「頼まれたんよ、おばあちゃんに」

紙コップになみなみと注がれたコーヒーに視線を落として、みつこさんは言った。死ぬ前に円城寺了子さんという人に会いたい、会って謝りたい、と本多先生のお母さんは言っていたのだそうだ。その時はじめて、みつこさんは自分の父親が自分の母親と結婚する前に交際をしていた女性である円城寺了子さんを知った、という。

「その人の会社と父の事務所が顧問契約を結んでるって聞いてわたし、すごく

すごく嫌やったわ、最初はね、とみつこさんは肩をすくめる。

「母と死別して十年以上になる父が、今さらどんな女の人とつき合おうが自由よ。新たな人生って感じ？　でも昔の恋人とよりを戻すとかは嫌やねん、わかる？」

「いえ、正直まったくわかりません」

だいいち本多先生と了さんは「よりを戻している」わけではない。訂正したいのだが、みつこさんはわたしに口をはさむ隙を与えない。

「まちがってた、って言われてるみたいな感じするから」

みつこさんは子どもみたいにぷっと頰をふくらませた。

「うちの母と結婚して、わたしが生まれて、父のそういう今までが、ぜんぶしかたなくの、人生の妥協案やったって言われてるみたいで。わたしたちの存在や一緒に過ごした時間を否定されるみたいで」

「それは違うと思いますが……」

わかってる、わかってるて、とみつこさんは手のひらをわたしに向ける。

「でもその時はそう思ったの。今ならわかる。父は母のこと、ほんとうに大切にしてたも

ん。娘であるわたしのこともな……それはちゃんとわかってるから……」

了さんはでも、本多先生のお母さんと会うことを拒んだという。もう終わったことだから、と。それで、やむなく「ドレスをつくってくれ」という依頼に切り替えたそうだ。そうすれば了さんが引き受けてくれると思って。

「間に合わへんかったけどね」

間に合わなくてよかったんだ、と意地悪く思う。口に出しはしなかった。死ぬ前に気がかりなことをすっきりさせたかった、という本多先生のお母さんの願いは、すごく自分勝手だから。謝って許されて思い残すことなく死にたいなんて、自分の人生の物語をきれいに編みたいなんて、そんなのはずるい。勝手に物語を編まれた側の人間は、残された人間は、これからも生きていかなければならないのに。

控室から出てきた本多先生が、わたしに頭を下げる。

「駒田さん、すみません。みつこのわがままでこんなところまでつきあわせて」

「ええやないの」

みつこさんが不満そうに唇を尖らせる。これ、と窘《たしな》めるように、本多先生は咳払いをひとつする。

「控室で子どもたちがお前をさがしとるから、行ってやりなさい」

「はーい」

「みつこさん、だいじょうぶでしょうか」

ふらふらと歩いていく後ろ姿を見送って、首を傾げる。

「だいじょうぶです。みつこのようにワーワー泣ける人間は、存外立ち直るのもはやいものです」

葬儀のあいだまったく泣いていなかった本多先生は、それでは立ち直りが遅いということか。みつこさんと入れ替わるように、わたしの正面の椅子に座る。

「……大変でしたね」

あらためて、今日までの日々を思う。仕事の時間を調整しながら、本多先生はほぼ毎日病院に通っていた。

「あなたにもご迷惑をおかけしましたね」

本多先生の口もとが、さびしげに歪む。

「わたしはそんな、ぜんぜん」

「母もう、いい年だから、と覚悟していたつもりでしたが」

母親を亡くすのは、父親を亡くした時よりもずっとこたえます、と目を伏せる。そういうものなのだろうか。わたしは後者の経験がないので、比較のしようがない。

「孫もいるような爺《じい》さんがなにを言うかと笑われるかもしれませんが、もう誰の子どもでもなくなってしまったのだと思うと、心もとないですね」

その言葉は、本多先生のお母さんの死に顔よりも、みつこさんの泣きじゃくる姿よりもずっと深く、わたしの胸を抉った。

すみません、と断って、火葬場の外に走り出た。

スマートフォンを取り出して、実家の電話番号をさがす。無性に父の声が聞きたくなった。

「もしもし」

それなのに、父の声を聞いたらなにを話していいかわからなくなってしまった。

「万智？　どうした？」

「……いや、べつに用事はないんだけど。最近電話してなかったから」

「ああ、そうか」

電話の向こうで、父がのんびりと笑う。庭仕事の休憩にテレビをつけたら落語をやっていて、だからつい見入ってしまった、という言葉どおり、かすかに喋り声が聞こえてくる。

「あ、じゃあ、また電話する」

「え、どうして」

「落語の続き、観てていいよ。切るね」

なにを言ってるんだ、とあわてる父の声を聞きながら、声を出さずに泣いた。

「ばかだな、落語なんかどうでもいいよ。ええと……ほら、そういえば、八重《やえ》おばちゃんのところの、里奈《りな》ちゃん。万智も小さい頃遊んでもらったことのある。あの子が今度結婚するらしいよ。それでな、万智……聞いてるか?」

涙がとまらなくなって、拳を口に押しあてて、うん、うん、と相槌を打つ。ちょっとくぐもって聞こえるかもしれないけど、泣いていることには気づかれずに済む。

いつのまにか空は灰色の雲に覆われていて、また雨が降り出しそうだった。


次の日には、本多先生はいつもどおりに事務所に出てきた。

「昨日はありがとうございました」

どういたしまして、とか、いえそんな、というのもへんな気がしたので、口の中でもごもご言って、同じように頭を下げる。

「駒田さん、今日は○社の帳簿の入力と、こちらの領収書を整理してください」

「月別に分けて、はればいいんですよね」

「そうです」

拍子抜けしてしまうほど、いつも通りの時間が流れる。仕事が終わればわたしはアパートに帰って、ひとりでごはんをつくって食べる。毎日のように菊ちゃんが来ていた頃が、嘘みたいに遠い。早田さんのメッセージを無視しているわたしは、菊ちゃんからずっと無視され続けている。

そんなふうにして、日々が過ぎていく。

水曜日の午後、あと十分で仕事が終わるというタイミングで事務所のインターホンが鳴った。ドアを開けるなり、「がっ」というへんな声が喉の奥から迸《ほとばし》った。

父が立っていたからだ。最後に会ったのはたしかお正月だった。ポロシャツの襟元をなんだかよくわからないチラシみたいなもので仰いで、大阪は蒸し暑いなあ、なんて笑っている。

「なんでいるの！」

「なんでって、会いに来たんだよ。先生にご挨拶もしたいし」

「急に困るよ」

やりとりを聞きつけて、本多先生が登場した。

「駒田さんのお父さまですか、これはこれは」

「これはこれは、万智が、いや万智子がいつもお世話になっております」

「父が急に……すみません、先生」

しばらく三人でむやみにぺこぺこしあった。応接用のソファーをすすめられた父は何度も恐縮しながら腰をおろし、ハンカチで額の汗をふきはじめた。

いまお茶を、と給湯室に入ろうとする本多先生をあわてて押しとどめる。

「わたしが淹れますから」

「そうですか、では三人分」

父は昼過ぎにこちらに到着して「しばらくぶらぶら」していたという。大阪駅の屋根が近未来的だったと無邪気な感想を述べ、本多先生はにこやかに相槌を打っている。

「駒田さんは仕事がていねいなので助かります」

「そうでしょう」

当然だ、とばかりに大きく頷く父を見て、こっちが冷や汗をかいてしまう。

「いや、そこは謙遜《けんそん》するところだから、お父さん」

「え？　どうして？」

「どうして？」

父と本多先生の声がそろった。

「なんで謙遜しなきゃいけないんだ」

「謙遜する必要が、どこに？」

　ふたりは顔を見合わせて、笑い出す。どうもうまが合うらしい。本多先生は「もう今日は仕事を切り上げて、食事にでも行きましょう」などと言い出した。

　連れて行かれた先は「小料理　むら尾」だった。本多先生の同級生こと村尾社長の次男が先月オープンした飲食店だ。ぴかぴかした店内に、まだほかのお客さんの姿はない。

　メニューのいくつかは「惣菜　むら尾」の商品とよく似ている。村尾社長と次男さんもよく似ている。声と手が大きいところとか、眉が濃いところとか。

　カウンターに本多先生と父とわたし、という並びで座る。店に入ってきた順番で端から座ったらそうなった。

　小さなグラスに瓶ビールを注いで乾杯した。だし巻きだとか、はものお吸いものだとか、注文した料理がつぎつぎと白木のカウンターに並べられていく。あたりさわりのない会話をかわしながら、しばらく飲んだり食べたりした。

　本多先生の携帯電話が鳴り出した。ちょっと失礼、と店の外へ出ていく。

「なんで突然こっちに来たの？」

　父はあまりお酒は強くない。ビール二杯で、もう顔を真っ赤にしている。かばんをごそごそ探って、メモを取り出した。このあいだ延期になった同窓会を再度やることになったという電話がかかってきたのだそうだ。日時と店の名が記されている。

「これを伝えるために？　電話でよくない？」

おしぼりの端をきっちりきっちりそろえて何度も畳みなおしながら、父は「うーん」と間延びした声を出した。

「お父さん、うーんじゃなくて」

「あべのハルカスか？　あれを見に……」

「お父さん。ごまかすのやめて」

急に会いに来るなんて、なにかあったとしか思えない。なにかあったんじゃないの、と袖を引っぱると、しかたなさそうに父の眉が下がった。

「万智が、泣いてるみたいだったから」

「え」

「このあいだ、電話で」

「泣いて、泣いてないよ」

焦りすぎて声がひっくり返る。そうか、と父が頷いた時、本多先生が戻ってきた。顔がくしゃくしゃになってしまうのを見られたくなくて、トイレに逃げこんだ。

泣いてるみたいだったから、か。手洗い場の横に置かれた一輪挿しの白い花を見つめる。花の名前はわからない。

泣いてるみたいだったから。たったそれだけで、わざわざ。

ドアが薄いのか、店内の会話がこちらまで聞こえてくる。

「本多先生」

「はい」

がさごそ、という音。たぶん、本多先生が姿勢を正したのだろう。

「あれは、へんにまじめな娘で」

「はい」

「そのへんなまじめさが自分や他人を苦しめることにならないかと、ときどき心配になります」

ややあって、本多先生の「わかります」という声が聞こえた。

「私にも娘がおります。もう四十過ぎですが」

それでも、と声が続く。

「いくつになっても、娘は娘ですから」

「ええ」

会話はそこで途切れたが、しばらくわたしは動けなかった。

「娘を持つと、いつまでも心配が絶えなくて」

本多先生の声に耳を澄ますわたしの視界の隅で白いものが揺れて、滲んでぼやけた。

「でも、いいものですよね」

「はい」

父がしみじみとした声で、そう答えている。

「心配する相手がいるのは、いいものです。先生。先生、どうか」

がさ、とまた音がして、本多先生が「あ、いや、あの」とあわてている。父はきっと頭を下げているんだろう。見えないけど、きっとそうだとわかる。

「あの子を、よろしくお願いします」

「はい。……それはもう、もう、はい」

「ほんとうにいい子なんです」

「存じております」

名前を知らなくても、それでもこの花はきれいだ。涙をとめるために、いっしょうけんめい花のことを考えた。ドアの向こうからは、父と本多先生の話し声が音楽のように低く流れ続けている。

もしかして避けてる？　という早田さんのメッセージが来たのは、一昨日のことだった。ちゃんと話そう、とも書いてあったから、指定された早田さんの職場近くのカフェで会うことにした。電車で向かう途中、自分が『Eternity』周辺の地理をよくわかっていないことに思い至った。了さんのお供をする時にはたいてい駅との往復のみだし、早田さんとふたりで会う時にわたしがここまで出向いたことはなかった。

今までずっと早田さんがわたしを誘う時には、わたしの職場の近くや、私鉄一本で帰ることができるようなわかりやすい場所を選んでくれていたのだった。万智子は地元ちゃうからな、というようなことを言って、ずっと気を遣ってくれていた。今回のカフェは裏通りにあって、見つけるのにすこし手間取った。

早田さんはいちばん奥のテーブル席に、こちらに背を向けたかっこうで座っている。こんな時でも背筋がぴんと伸びていて、シャツはまぶしいほどに白い。

はじめて早田さんの姿を目にした時のことを、今でも鮮烈に記憶している。その映像を脳内でしつこく再生したから。歩道に落ちていたぬいぐるみを拾う姿。誰かに踏まれたり、蹴られたりしないようにガードレールの下に置く、そのやさしい仕草。

わたしと同じだ、と思ったきっかけ。でもだからこそ、早田さんと話すたびに違和感がふくらんでいった。こんなはずでは、と思いながら、事実を直視するのがつらいという気持ちもあった。

今日こそ、ちゃんと話さなければならない。飲みこんできた言葉をぜんぶ伝えよう。息を吸ってゆっくり吐いたら、早田さんが振り返った。まだ声をかけてもいないのに。

「なんか視線を感じて」

後頭部に手を当てる早田さんに、つい「ごめん」と謝ってしまう。表情がかすかに曇る。

「なんで謝るの」

「すぐに声がかけられなくて」

前もそんなこと言うてたな、とひとりごちて、早田さんは自分の目の前の椅子を指した。座れば、というように。

腰をおろして、「待たせてごめん」とわたしが言うのと「とりあえずなんか頼めば」と早田さんがメニューを差し出すのはほぼ同時だった。

「何回も謝らんといて」

「……うん」

メニューに視線を落とすが、飲みたいものなんかなにもなかった。早田さんが手を上げて、店員さんを呼びとめる。あの、紅茶、あったかい、そう、あったかいの……というわたしのしどろもどろの注文ににこやかに応じて、店員さんが立ち去る。

「俺、万智子になんかした？」

責める口調ではなかった。早田さんの語尾が途方にくれたように弱くなる。わたしが黙っているせいで、その問いは宙ぶらりんのままわたしたちのあいだにとどまっていた。

「なんかあかんことした？　その、そんなあからさまに避けられるようなって意味やけど」

どこから話したらいいんだろう。早田さんはわたしに、ひどいことをしたわけではない。殴る蹴るの暴行とか、罵声を浴びせる、とか、そんなことは一切していない。わたしが貸したお金を踏み倒したわけでもない。

たとえば、ひかえめなところがいい、と言われたこと。

それはすなわち「御しやすい女が好きだ」ということではないだろうか。何度となく考え、その疑問が浮かんだのだが、早田さんにぶつけるのはこわかった。

「スカートのこととか」

なんとかがんばって口にすると、早田さんが首を傾げた。

「ニフレル行った時の」

「ああ……あのなんか、派手なスカートのこと？」

べつに着るなとか言うてへんやん、あんま好きな感じではないな、と思ったよ、たしかに、でも、と早田さんが首を振る。

「でもわたしは、嫌だった。なにより『早田さんに気に入ってもらえなかった』ってうろたえてしまった自分自身のことが嫌だった」

声大きいって、と早田さんが眉をひそめる。湯気の立つ紅茶が運ばれてきて、わたしたちはしばらく気まずく視線を逸らしあった。

どこからどう話せばわかってくれるだろう。わたしが男の人とつきあったことがないと言った時、早田さんはわたしを「純粋だ」と言った。その時も混乱した。かりに純粋だとして、じゃあ早田さんとつきあったわたしは、純粋じゃなくなるのか。そもそも純粋とかいう言葉で他人の無知さとか「未経験であること」とかをありがたがるのはおかしい気がした。

黙っているわたしに焦《じ》れたように、早田さんが水の入ったグラスを摑む。薬指に嵌った偽の結婚指輪がライトを反射してちかりと光る。仕事が終わって、そのまま急いで来てくれたのだろう。いつもわたしと会う時は外していたのに。

ふいに、早田さんが両手で顔を覆う。めんどくさ……という呟きを、わたしの耳が捉える。わたしは今早田さんからめんどくさがられているんだな、と他人事《ひとごと》みたいに考えている。

「早田さんが好きでした」

まだ顔を覆ったままの早田さんの肩が、一瞬ぴくりと動いた。

「過去形なんや」

「でも、早田さんと同じぐらい、自分を好きになりたいと思うようになりました」

それはたぶん了さんたちに出会ったからだ。わたしはあの三人のうちの誰のようにもなれない。なろうとも思わない。ただ、わたしの好きなわたしになりたい。

「わたしが『わたしが好きなわたし』を追求していくと、早田さんの好みからはどんどん遠ざかっていくんです。『早田さんが好きなわたし』になることは、たぶん、わたしにとっては幸せなことじゃないから」

はじめての体験だった。何日も考えてようやく言葉が生まれるのが、これまでのわたしだった。でも今は、勝手に口から出てくる言葉に驚いている。わたしって、こんなことを考えてたのか。

「……自分がなに言ってるのか、わかってる?」

ようやく両手が早田さんの顔から離れる。目のふちが真っ赤になっているのが見てとれた。

早田さんが「ごめん」と首を振る。

「え、ごめんとはどういう意……」

「万智子の思考、謎過ぎる」

俺はもっと気楽なのがいい、と苦しそうに息を吐く。好きな女の子とおいしいご飯を食べたり、楽しい場所に出かけたり、くだらない話で盛り上がったり、抱き合ったり、ただただそういう時間を過ごしたい、はっきり言うと恋人には自分を癒してほしい、仕事終わりで疲れている時にこんな面倒な話を延々とされるのは正直きつい、ただ癒されたいだけなのに、というような言葉たちが、つぶてのようにわたしの全身にぶつけられる。

癒されたい、とはどういうことなのか。

「……人間は癒しのための道具ではありません」

「うん。そうやな」

早田さんにはもう、わたしの声なんかまったく聞こえていないみたいだった。伝票を摑んで立ち上がる。そのままレジに向かっていって、会計を済ませて外に出ていく後ろ姿を追いかける気にはならなかった。

終わったんだ、とはっきりわかった。観覧車の中で見た早田さんの横顔がよみがえった。電車の中で誰かに席をゆずる時のあの流れるようにスムーズな動作や、きゅっと結ばれた唇や、大笑いした時に目尻にたまる涙や、それを指先で払う仕草が、映画の予告編みたいな感じで次々と脳内のスクリーンに映し出されて、あっ泣くかも、と思ったが、それは一瞬のできごとだった。わたしの目から涙がこぼれることはなかった。

最後に交わした会話が「人間は癒しのための道具ではありません」「うん。そうやな」なんていうものになってしまったことが、ちょっとだけむなしかった。男女の交際が終わる時はもっと違う、たとえば「友だちでいよう」とか「幸せになってね」とか、そういうやさしくてきれいな嘘をつくものなのだろうと漠然と想像していたのだが。

何日ものあいだ悩んでようやく言葉にしたわたしの思いは、早田さんにとってはただの「面倒な話」だったのだと思ったら、乾いた笑いがこみあげる。

人間は癒しのための道具ではありません。うん。そうやな。なんだそれ。あほくさ、と大阪風のアクセントで呟いてみたらほんとうに「あほくさ」という気分になった。冷めてしまった紅茶をごくごくと飲み干して、はー、と息を吐く。

ソーサーにカップを戻した、その「かちっ」という音は存外大きく響き、わたしはそれを終了のゴングみたいだと思った。ゴングが鳴ってしまったらもうしかたないよなあと思ったらまたすこし笑えて、だからそのカフェを出るまでは、泣かずに済んだ。

大阪駅の改札を通り抜けたら、鼻先を甘い匂いがかすめた。前を歩いている人の香水だと思われる。美華さんの香りとよく似ている。

美華さんは、今は日本にいない。恋人が赴任している遠い国へと旅行中なのだ。

お土産なにがいい、と訊かれたので「なんかおいしい食べものがいいです」と返事しておいた。

「そうやな。失恋の痛手はおいしい食べもので癒すに限るよな」

美華さんはしたり顔で頷いていた。失恋の痛手をどうこうとか、べつにそういうつもりではなかったのだが。

「そしたら、わたしたちにも『おいしい食べもの』を頼むわ」

冬さんと了さんも同意して、それから「そっちもな」とわたしを見た。同窓会に参加するために帰省することを話した直後だった。

「いっぱいあるんやろ?」

「そうそう、ほらあの、らっきょうとか」

とか、の後が続かなかった。気持ちはわかる。わたしもまた、よその地方の名産品に疎《うと》いほうだ。

平日のせいか、鳥取に向かう「スーパーはくと」の指定席は半分も埋まっていなかった。腰をおろして、そういえばこんなふうだったなとシートの模様や天井の色合いをしばし見つめる。腕時計に目をやると十一時半をすこし過ぎたところだった。朝つくってきた、ハムとうすく切ったゆでたまごをはさんだサンドイッチのおべんとうを取り出す。大阪駅構内のコンビニで買った缶の紅茶を飲んだ。

そういえば、本多先生のお母さんの病院に行った時に冬さんがつくってくれたサンドイッチはほんとうにおいしかった。いいパンとハムとチーズだったんだろう。だけどわたしのつくったこのサンドイッチだって、なかなかどうして悪くない。

窓の外の景色は次第に緑が多く、濃くなっていく。それを眺めながら、もぐもぐと機械的に口を動かした。紅茶の甘さがやけにおいしくて、自分が「厳選された食材でつくられた」とか「有名な店の」とか、そういうものじゃなくてもなんでもおいしく食べられるタイプでよかったと思ったりした。

スマートフォンを取り出したが、「もうそっちに着いた?」という、さっき菊ちゃんに送ったメッセージに対する返信はまだなかった。既読にすらなっていない。

行くつもりではなかった同窓会に「参加」の返事をしたのは、菊ちゃんが参加することを知ったせいだ。菊ちゃんが帰省するのは同窓会のためだけではなく、両親にお腹の子どもについて、今後のことを相談するつもりでもあるのだという。ずっと無視されていたから、これで最後にするつもりで送った同窓会に関するメッセージに菊ちゃんが返信してくれた時には驚いた。でもまだ、ちゃんと謝れていない。

妊娠について電話で伝えた時、菊ちゃんのお母さんは泣いていたそうだ。お父さんとは直接話していないけど、たぶん怒っているだろうね、とのことだった。故郷に戻って両親とともに育てるという選択肢は今のところないという報告の後に、菊ちゃんは涙を流しているくまのスタンプを送ってきた。ユーモラスなスタンプだったけど、これを押しながら菊ちゃんはほんとうに泣いてるんだろうなと思った。

わたしが菊ちゃんにできることなんて、もしかしたらなにもないのかもしれない。でも。

食事を終えてもう一度スマートフォンを取り出したら、メッセージの受信を告げるランプが点滅していた。菊ちゃんが送ってきた「はーい」と元気に片手をあげるへんなうさぎのスタンプを見て、ちょっと拍子抜けする。

駅には、父が迎えに来てくれる。なんとなく目を閉じたら、とたんに眠気に襲われた。すこし寝ようかな、と思った直後に、意識を失った。夢は見なかった。

鳥取駅の階段を降りたところで、ツアー客らしき一団にぶつかった。シャシントッテ、と日本語で頼まれて、カメラを預かる。

「撮りますよー」

頬を寄せあった人たちが笑顔をつくる。早田さんと観覧車に乗った時、緊張して腹痛をこらえている人みたいな顔で写ってしまったことを思い出して一瞬感傷的になりかけたが、またたくまにアリガトウゴザイマシターの合唱に押し流されてしまう。

改札の先で、父が手を振っていた。わたしが父を見つけるよりはやく、わたしの姿を見つけていたらしい。日本酒らしき包みを抱いている。

「本多先生に、お土産。持って帰りなさい」

いや重いから宅配便がいいか、ときょろきょろしている。いずれにしても今到着したばかりなのにお土産とは。

「気がはやいよ、お父さん」

「……それもそうだ」

車に乗りこんだら、なつかしいような匂いがした。父の車はいつだってきれいに掃除機がかけられている。エンジンをかけながら、父がわたしをちらりと見た。

「元気そうだな」

「このあいだ会ったばっかりでしょ」

「そうだけど」

夕飯は寿司でもとるか、という父の言葉に首を振る。

「お父さんのつくったごはんがいい」

カレーとか、と続けて車窓に目をやる。出ていった時のままの街並みが、かえって月日の経過を感じさせた。ここで暮らしていた頃のことが遠い昔みたいに思える。

「カレーなら、冷凍しておいたものがあるけど。そんなのでいいのか」

「そんなのがいいんだよ」

「そうか、そんなのがいいのか」

父はつまらなそうでいて、なぜかすこしうれしそうにも見えるじつに微妙な表情で頬を掻く。

しばらくは親戚や近所の人の話に終始したが、やがて大阪での生活の話になり、父の口から菊ちゃんの名前が出た。

「菊田さんも同窓会に出るのか」

「うん」

「大阪に知り合いがいるのは心強いだろう」

うん、という返事が喉にひっかかって、小さく咳払いをする。

「菊ちゃん、妊娠してるんだよ」

父がまた、ちらりとわたしを見る。わたしは前を向いたままだから、父がどんな表情をしているかは判別できない。信号にひっかかって、車がゆっくりと停止する。

「それで？」

「ひとりで育てるんだって」

「そうか」

深く息を吐いた父の口から、なにか非難じみた言葉が続くのではないかと身構えた。めったに他人を非難したりはしない人だが、それでもこの年代の男性ならば若い娘が妻帯者と交際したあげくひとりで子を産むなどという行為は、やはり許容できかねるのではないか。

しかし父が続けた言葉は、わたしの予想とまったく違っていた。

「万智も、なにか菊田さんの力になれることがあるといいな」

わたしは驚いて父を見た。

「……意外」

「そうか？」

「なんで？」

なんでって、と、父が驚いたように目を見開く。信号が青にかわる。車がそろりと動き出した。

「友だちに力を貸すのに、理由なんかいらないだろう」

そうだね、と答えるわたしの声はすこぶる小さい。勝手に「父（ぐらいの年代の人）が言いそうなこと」を想像して身構えていた自分が恥ずかしくて、運転する父から目を逸らした。

家についたあと、アルバムをひっぱり出して眺めたり明日着る服にアイロンをかけたりして、すこしはやい夕飯に父のカレーを食べたら、なんだかどっと疲れてしまってすぐに眠ってしまった。起きたら、もう午前十時を過ぎていた。近所の人が玄関先で父と喋っている声を聞きながら、台所にあったパンを勝手に食べ、インスタントコーヒーをつくって飲んだ。

仏壇に置かれた写真立ての母は今日も、やさしく微笑んでいる。わたしがまだ赤ちゃんだった頃の写真だ。背景は海で、白い波しぶきが足元でレースのような模様をかたちづくっている。靴は履いていない。風が強かったのか、肩のところで髪を押さえてこっちを見ている。

死者は年をとらない。いつかわたしは母の年齢を追い越す。

昨日家についてすぐに仏壇に手を合わせたけど、家を出る前にもう一度、お線香をあげておきたかった。これから同窓会に出て、そのまま大阪行きの電車に乗るつもりだから、もうこの家には戻らない。

「もっとゆっくりしていけばいいのに」

魚の干物やら、本多先生へのお土産やらを段ボールに詰めながら、父が呟く。

「そういうわけにもいかないいんだよ」

あーそうですか、と父は唇を尖らせるが、目尻はやわらかく下がっている。大阪で忙しくしているのならそれは充実した生活をしているということなのだろうからそのほうがいい、というようなことを、そういえば昨夜も話していたような気がする。

「お父さんは、お母さんと喧嘩したことってある？」

すくなくとも、わたしの前では一度もしなかった。でも父はあっさり頷く。

「あるに決まってる」

「え、どんなことで」

「ありとあらゆることでだよ」

結婚前には贔屓《ひいき》の野球チームについてやら女性の社会進出についてやら、結婚後はたまごやきの味付けやら、わたしの離乳食についてやら、入院した後は治療法の選択まで、ありとあらゆることを話し合ってきたそうだ。

「話し合いは喧嘩じゃないよ」

いや、お母さんはあれでなかなか頑固な人だったから、とそこで言葉を切って、父が立ち上がる。段ボールに詰めたレトルト食品のすきまにタオルを押しこみはじめた。生命保険会社の名が入っている、ビニールにつつまれた白い未使用のタオルだ。

「お母さんが頑固ってイメージないな……ねえ、ちょっと、タオルそんなにいらないんだけど」

「すきまに詰めておかないと。なかみを守るためだよ。いいじゃないか、腐るものでもなし。……お母さんは意外と頑固な人だったよ。自分の主張が通らないとまあ、何日もむくれて」

写真立てを持ち上げると、ガラスに自分の顔がうつった。

華奢な身体に柔和《にゅうわ》な目鼻立ちの母は、わたしにとってずっと美の基準だった。自分は母に似ていないから美しくない、と思ってきた。今はただ、似ていない、という事実のみを受けとめられる。

それにしても母がそんな人だとは思わなかった。頑固か。夫にだけ見せた顔だったのだろうか。

「めんどくさい、とは思わなかったの？　お母さんのそういうところ。嫌になったりしなかった？」

そうだなあ、と呟いたきり、父は黙ってしまった。ふたたび口を開いたのは、段ボールにテープで封をして、わたしの住むアパートの名を記した伝票をはりつけたあとだった。

「めんどくさい、と感じた瞬間はあったかもしれない。でもそれは、お母さんを嫌いになる理由にはならなかった」

父はめんどくさい母をめんどくさいまま受け入れて、ともに生きていた。わたしと早田さんは、そうはなれなかった。どうしてだと思う？　なんて父に問うことはもちろんできない。早田さんと交際していたことは話していない。もうすこし関係が深まったら父に紹介しようと思っていたのだが、深まる前に終わってしまった。

わたしが手を繋ぐ相手は、きっと早田さんじゃなかったんだろう。ただそれだけのことだ。

「そろそろ時間じゃないのか」

壁の時計を見上げたら、同窓会の開始時刻の十分前だった。

父はわたしを会場まで送っていって、そのついでに段ボールを宅配便の営業所に持っていくつもりだという。

「じゃあな万智、毎日野菜を食べろよ」

車の中で父はいつものようにそう言い、わたしも「お父さんもね」と答えて、車を降りた。

会場はわたしの知らない店だった。同級生が開業した店だという。カフェのようなバーのような、というあんばいで、開催時間を昼間にしたのはもうすでに結婚して小さい子どもがいる人も少なくないせいだという。

ガラスばりのドアに全身がうつる。一瞥したのち、押して入った。あはは、と大きな笑い声が聞こえて、それが杉江たちの声だとすぐにわかった。

あの声が、こわくてたまらない時期があった。

男子であれ女子であれ、大人であれ子どもであれ、自分が誰かに見られていることに気づくと、落ちつかない気分になった。かわいくないとか体形に難があるみたいなことを思われているんじゃないか、という気がしてならなかった。気にし過ぎだよ、自意識過剰なんじゃないの、と笑われてもなお心配だった。

みんな簡単に、他人の外見のことを口にするから。細いだの太いだの、なに系だのなんだのと。

化粧をしても、服を替えても、わたしは別人のように美しくはなれなかった。でもいつだったか美華さんが言った「自分に自信を持つ」ということは、「わたしは美しい」と思えるという意味ではなかったと気づく。

わたしがわたしのまま世界と対峙《たいじ》する力を持つ、ということなのだ。不躾な他人の視線を、毅然《きぜん》とはね返せるということ。

ざわめきのなかをまっすぐに進んでいく。もしも誰かがなにかを思っていようとそれはその誰かの心の中の問題であって、それはわたしのありかたとは、なんにも関係ないんだ。

壁際のテーブルの、女子の一団の中心に菊ちゃんの姿を見つけた。菊ちゃんはかつて同じグループだった人たちに囲まれていた。いやーでもすごいよねー、と誰かが言っているのが聞こえる。

「だってあたしぜったいむりー、ひとりで育てる自信とかないー」

ほんとだよー、と誰かが同意する。だって赤ちゃんってめちゃくちゃ手がかかるよー、と続けた彼女はすでに出産を経験しているのだろう。

こっちに帰って来ないの、という問いに、菊ちゃんが首を振る。

「両親が反対してて。近所の目とか、そういうの気にする人だからさ」

ええーとどよめきが起きる。かすかに笑いの滲んだどよめきだ。眉間にぎゅっと力が入る。

「でも産むんだ？」

「あたりまえじゃん」

菊ちゃんがさっと顔色を変える。

「だいじょうぶなの？」

「ほんとにだいじょうぶなのー？　菊田」

彼女たちの口からつぎつぎと発せられる問いに、その都度菊ちゃんは「うん」と答えているけど、声は次第に小さくなっていく。おしまいのほうにはほとんど聞き取れなくなった。

「いやーほんと菊田は強いよ。えらいえらい。いやほんと尊敬する。あたしだったら心折れるもん。バイトしながらシングルマザーやるとか」

ぜーったい耐えられない、という言葉を耳にした瞬間に、ついにがまんならなくなった。えらいとか尊敬とかそんな言葉で菊ちゃんを嬲《なぶ》るな。ほめる態《てい》で嘲笑《あざわら》うのはやめろ。

ちょっとごめん、と彼女たちをかきわけ、菊ちゃんの前に立つ。菊ちゃんが「まっちん」とぼんやり呟くのと、「えらい」を連呼していた彼女が「え、この人誰だっけ」と隣の人に囁《ささや》くのを左右の耳で聞きとる。わたしはどうやら記憶にすら残っていないらしい。かく言うわたしも彼女の名前が思い出せないのだが。

「まっちん、来ないのかと思った」

「ごめん。ちょっと仏壇の前で喋ってたら、時間過ぎてて」

「仏壇？　……まあ、えっと、じゃあ行こうか」

菊ちゃんは一刻もはやくこの場から離れたいようだった。

「菊ちゃん、いいの？　この人たち」

怒りに震える声で囁いたわたしの背中を、菊ちゃんがそっと押す。

「いいから、まっちん」

うつむいた顔は、虫歯の痛みに耐える人みたいに歪んで青ざめている。いいから、と言われたからがまんすべきだと思ったけど、思ったけど、振り返ってしまった。

「あの！」

息を深く吸って吐いたら、自分でもびっくりするような大きな声が出た。菊ちゃんがぎょっとしたように顔を上げる。店内がしんとする。みんなの注目が集まって焦ったが、もうあとにはひけなかった。

友だちに手を貸すのに理由なんかいらないだろう。父のその言葉が耳の中でこだまする。

「菊ちゃんは、だいじょうぶなので!」

ぜったいにだいじょうぶなので、と繰り返したら、視界の端で菊ちゃんがまたうつむいた。なんの根拠もなかったし、わたしはよけいなことをしてしまったのかもしれない。でも、やがて顔を上げた菊ちゃんは、もう虫歯の痛みに耐える人ではなくなっていた。

「やっぱ帰るわ、わたし」

菊ちゃんが大きな声で宣言した。さっきまで菊ちゃんを囲んでいた彼女たちが一瞬、顔を見合わせる。

「みんな心配してくれてありがとうね。でもこのまっちんが言うとおり、わたしはだいじょうぶだから」

行こう。菊ちゃんに押し出されるようにしてぬるりと店の外に出た。わたしのはじめての同窓会の滞在時間は、およそ十分足らずだった。

「菊ちゃん、家に帰る? タクシー呼ぶ?」

ワンピースの布地越しでもわかるお腹のふくらみに目をやる。

「ううん。このまま大阪に戻るつもりだったし。まっちんは?」

「わたしも。でもまだだいぶ時間ある」

夕方の電車の指定席の切符をすでに予約していた。変更してもらうことはできるだろうけど、それでも次の電車まであと一時間以上ある。

お茶でも飲んで時間をつぶそうと、鳥取駅に向かって歩き出した。

「さっき、ありがとうね」

菊ちゃんはわたしのほうを見ない。でもしみじみとしたその声音で、気持ちはじゅうぶん伝わってくる。

「誰かに『だいじょうぶだよ』って言ってほしかったんだ、ずっと」

だいじょうぶなわけないけど、と続けた菊ちゃんは鼻声になっていて、泣くのをがまんしているんだとわかった。

「不安に決まってるし。これからめちゃくちゃ大変だって、そんなのわたしだって知ってるし。でももう、決めたんだから。誰かに、だいじょうぶって言ってほしかった。たとえ嘘でも」

「嘘じゃないよ。だいじょうぶになるように、わたしもできる限りのことをするよ」

なんでまっちんがそこまで、と菊ちゃんに問われたら、父の言葉をそのまま口にしようと思っていた。すごいかっこいい感じになってしまうなあ、と内心照れていたのだが、菊ちゃんはもうぜんぜん違うほうを見ていた。

「ちょっと見て、あれ」

「え」

ひとさし指の先に、たくさんの人がいた。砂丘行きのバス乗り場に並ぶ人たちだ。

「すごいねえ、みんな砂丘に行くんだね」

「砂しかないのにね、あんなとこ」

わたしたちはしばらく、小学校の遠足で行ったとか、中学生の時に県外のいとこを案内したのが最後だとか、そんな話をしあった。砂しかないと断言したくせに、菊ちゃんは「わたしらも行こう」と、またもやわたしの背中をぐいぐい押しはじめる。

「なんで」

「いや、時間あるし。もうきっとこれから見る機会ないから」

菊ちゃんは、もうここに戻る気がないのかもしれない。「見納め」というニュアンスが濃厚に漂っていた。ね、まっちん行こう、ね、ね、といつまでも粘る。

「でも危ないから、らくだには乗らないよ」

念押しして、行列の最行尾に加わる。

「乗らないよ、らくだになんか」

「そんなこと言って、実際らくだ見たら、乗りたくならない？」

「ならないよ。なに言ってんの？　まっちん」

幸運にもバスはすぐに来て、菊ちゃんのお腹を見た外国人観光客が席を譲ってくれた。わたしはすぐ近くに立って、手すりにつかまる。

バスが揺れるたび、ひやひやした。よくわからないが、菊ちゃんのお腹の中の人には、こういう振動とかはよくないに違いない。さっき席を譲ってくれた観光客が近くに立っていた。目が合うとにっこり笑いかけられる。カフェオレみたいな肌の色の、黒い髪をした女の人だった。その人が、菊ちゃんに向かってなにか英語で話しかけている。

菊ちゃんはにこやかに英語で答えている。すっかり忘れていたが、菊ちゃんはかつて大学で英語を勉強していた人だった。

「赤ちゃんが生まれるのね、おめでとう、すてきねって」

「そっか」

視線を落としたら、自分の靴が目に入った。銀色のバレエシューズ。砂丘を歩くには不向きな靴かもしれない。

「そういえば、女の子なんだって」

菊ちゃんが呟いて、まるいお腹を撫でた。

「触ってみてもいい?」

菊ちゃんはわたしの手首を摑んで、自分のお腹に誘導した。想像していたよりやわらかかった。

「とんとんって叩いたら蹴ってくるよ」

さっそくやってみたが、お腹の中の人は眠っているらしく、反応を示さない。

「名前とか、決めてるの?」

「うん。マチコ」

「えっ」

へへへ嘘だよーと笑う菊ちゃんは、もうすっかりいつもの調子を取り戻していた。ほんとうの名前は「まだ内緒」と教えてくれない。

バスを降りたら、生ぬるい風が吹いた。

「お腹空いたね」

「今でもフライドポテトみたいなものが食べたい?」

「ポテトはもういいや。今はなんでも食べられる。量はたくさん食べられないけどね」

食堂に入って、食券を買った。見て、鳥取大砂丘カレーだって、これにしよ、という菊ちゃんの言葉につられて、わたしもカレーのボタンを押す。押した直後に昨日の夕飯もカレーだったことを思い出した。

　窓際のテーブルで親子連れが食事をしていた。二歳ぐらいの女の子が子ども用の食器に入ったうどんを口に入れようとしてはフォークから落とす、のループにおちいり、よほど腹が立ったのか、のけぞってキイイイ、と奇声を発しはじめた。すごい声、とちょっと笑ってしまったが、菊ちゃんの視線は子どもではなく両親のほうに向いていた。

「ごめんね」

　菊ちゃんがどうして謝っているのか、わたしにはわからなかった。

「いつか『潔癖だから』ってばかにしたこと」

　無神経なことを言って傷つけた自覚はあったが、ばかにされているとは思っていなかった。

「あの時はとにかく自分のしたことを責められるのが嫌で、自分を正当化するためにまっちんを詰《なじ》っちゃったんだ」

　ほんとに最低、と呟いて、菊ちゃんは運ばれてきたカレーにスプーンを入れる。らくだのかたちのたまごやきがのっていて、食べてみるとふんわり甘かった。自分が正しいことをしているとは思ってない、と語る菊ちゃんに向かって首を横に振る。

　冬さんのことを話した。正しい人でなくても冬さんが好きだ、と美華さんが言ったことも。

「わたし、なにかが正しいとか、自分はこうするとかっていう方針はぜったい持っておかないといけないものだと思ってた。信念っていうの？　今もそう思ってる」

菊ちゃんはスプーンを使う手をとめて、わたしをじっと見ている。

「でも、それはただ自分が歩くための靴なんだよね。他人を殴るために使っちゃいけないんだって、バスの中で考えてた」

ついさっきじゃん、と菊ちゃんは力が抜けたように頬をゆるませる。それからはふたりとも無言で、カレーを味わうことに専念した。

「ねえ、気分が悪くなったらすぐ言ってね。ぜったいだよ」

砂丘へと続くゆるやかな坂道をのぼりながら、わたしは菊ちゃんに念を押す。

「うん」

「安産第一で行こうね、これからは」

「しつこいな」

これまでもちゃんと安産第一だったし、とむくれる菊ちゃんがかぶっている帽子のリボンが風に揺れた。日差しはいよいよきつい。

そういえばあのつきあうかもしれない男の人とはどうなったのよ、と菊ちゃんに訊かれて、早田さんのことを話した。「そしたら……つきあう？」のくだりから「人間は癒しのための道具ではありません」まで。

そっか、と菊ちゃんは頷く。その顔からはなんの表情も読み取れない。

「そうなんだよ」

その人たぶん余裕なかったんだよ、と菊ちゃんは前を見たまま続けた。

「まっちんにとってはちょっと年上の、自分よりずっといろんな経験のある男の人に見えたのかもしれないけど、ほんとうは自信も余裕もぜんぜんなかったんだと思う。まっちんが考えてるよりずっと、その人はまっちんのことが好きだったんだよ。それで、もうどうしていいかわかんなくなっちゃったんじゃない？」

冬さんからもそんなことを言われた気がする。いや、あれは「女に慣れてない」だったか。

そうかなあと首を傾げたら、急に視界が開けた。どこまでも続く、砂と空。二色のクレヨンを力いっぱい塗り広げたみたいだ。

「そうだよ。好きって、わけわかんなくなっちゃうことだから」

「菊ちゃんも、そうだった？」

菊ちゃんはすこしのあいだ、黙って前を見ていた。それからちょっとまぶしそうに目を細めて頷いた。

「そうだよ。あのね、タカヒロさんって、ぜんぜんかっこいい男の人じゃないんだよ」

スーパーの店長は、タカヒロというらしい。その名を呼ぶ時の、繊細なレースかなにかを撫でるような菊ちゃんの声音に、胸がきゅっと痛んだ。

「奥さんとは別居してる、とかすぐばれるような嘘ついてさ。ずるいし、だらしないし、そのくせ気が小さいし、どうしようもないんだよ、ほんと。でもね、好きだったんだよ。ずるいとこもだめなとこも、なんだろ、すごく、かわいいって思ってたんだよ」

ずるいところやだめなところも好き、という菊ちゃんの言葉が、わたしの頰をばちんばちんと殴りつけてくる。なぜならわたしは、早田さんに対して一度たりともそんなふうに思ったことがなかったからだ。

「弱さもやさしさもずるさも、ぜんぶまとめて、好きだった」

立ちつくして、見渡す限り黄土色の風景をしばらく眺める。菊ちゃんは、他人の弱さを愛したり許したりできる人なのだ。わたしとは人間のスケールが、鳥取砂丘と公園の砂場ぐらい違う。

早田さんがわたしの思っていたような人でないと感じるたび、ショックを受けていた。

ほんとうのわたしを好きになってほしいと願いながら、そのくせ目の前にいる早田さんを理解しようとしなかった。

早田さんもそう言っていた。わかってないのはそっちも同じ、と。

やわらかい砂の上に、一歩踏み出す。

魔法の銀の靴は、どこへでも好きな場所に連れていってくれる。でもわたしには必要ない。この銀色のバレエシューズで、砂の上を歩いていく。足をとられて転びそうになるから、菊ちゃんと手を繋いだ。

でも、そうするとかえって歩きにくくなった。どっちかがふらついたら、ぜったいに両方とも転んでしまう。すぐに手を離して、わたしたちはそれぞれひとりで歩き出した。両手を広げて、慎重に一歩ずつ進む菊ちゃんの動きを真似る。

砂にわたしの足跡がつく。菊ちゃんの足跡も。似た大きさと歩幅で、スタンプみたいに規則正しく並んでいく。しばらくしたら、風が消してしまうだろうけど。

進むたび、波の音が近づいてくる。〝馬の背〟と呼ばれる急な斜面をきゃあきゃあ笑いながら四つん這いで登っていく人たちを、菊ちゃんはぼんやり眺めていた。

人はひとりでは生きていけない、なんて言うけど、誰かと手を繋いでいたら転んでしまう時だってあるんだと知った。

ためらいなく繋いだ手を離せるように、隣を歩いている人を信じる。自分の足でしっかり立つ。

そのことを、忘れないでいよう。

砂の上に、また一歩足を踏み出した。

強い風が吹いたらしく、事務所の窓がぴしっと音を立てた。書類を読んでいた本多先生が外を見て、目を細める。老眼鏡をはずして目頭を押さえる仕草も、すっかり見慣れたものになった。

ビルとビルの隙間から見える空の色は淡い。もう完全に秋の空の色だ。明後日から十月になる。

「たしか、明日まででしたね」

「そうです」

了さんと話しあってそう決めた。わたしは『クチュリエール・セルクル』のお手伝いをやめることになったのだ。

明後日からは新しいアルバイトの人がやってくる。服飾の専門学校を出ている人だというから、おそらくわたしの何倍も役に立つことだろう。

「とても残念そうでした、了さんが」

　このあいだ電話で話した時に、と言ってから、本多先生は「仕事の話で電話しただけですから」とつけくわえた。仕事の話だろうがなんだろうがわたしに言い訳するようなことではないのだが、はあ、と頷いておく。

「でも、もう決めたことなので」

　ちょっとした雑用をやってほしい、と了さんに頼まれたことからはじまったアルバイトだった。あそこに通うことで、いろんなことが変わった。いろんな人に出会った。美華さん、冬さん、それから。

「がんばってください。駒田さん」

「はい」

　アルバイトをやめるのは、税理士試験をうけるためのスクールに通う時間がほしいからだ。その話をしたら了さんは「ええやないの」と賛成しつつも、さびしいさびしいと残念がった。

「了さんは駒田さんを気に入っていましたから」

　もちろん私も、と続けてから、本多先生が「うちは辞めませんよね?」と心配そうに首を傾げる。

菊ちゃんの出産予定日は再来月だ。近頃はずいぶんお腹が大きくなっている。

先週、早田さんに会った。『Eternity』におつかいに行った時に、早田さんが女性の上司らしき人と廊下で話しているのを見かけたのだ。「クレーム」とか「責任」という言葉が漏れ聞こえたから、なんらかのトラブルが起こったのだとわかった。わたしにはもう関係ないことだ、と思いながらも、その場を動けなかった。

「信じられへん！　あんたいったいなに考えてんの？」

上司らしき人は、すごく怒っていた。ひたすら恐縮して「すみません、すみません」と頭を下げる早田さんの丸まった背中を見ながら、いろんなことを思い出した。ニフレルに行った時にしつこく電話がかかってきたこととか、了さんからパワハラの噂について訊かれたこととか。

何度も、何度も、知る機会はあった。いくら早田さん自身が隠したがっていたとしても、わたしにちゃんと真実を見極めようとする意思があったのなら、気づけたはずだった。

「もっとプライド持って仕事して！　あんたいつになったら一人前に仕事できるようになるわけ？」

捨て台詞《ぜりふ》を投げつけ、上司らしき人が階段を駆け上がっていったあとも、早田さんはしばらくその場に佇《たたず》んでいた。顔を肘の内側にぎゅっと押しつけたりもしていた。

「あの、早田さん」

背後から声をかけるとぎょっとした顔で振り返り、わたしと目が合うなり「なっ」と叫んで後ずさりし、階段の手すりで背中を強打したショックでその場にへたりこんでいた。

「だいじょうぶですか？」

助け起こそうとするわたしを「だ、だいじょうぶ……！」と手で制して顔を背け、「万智子」と言いかけてはげしく咳《せ》きこみ、「駒田さん」と言い直した。早田さんの目は真っ赤になっており、頬には涙が流れたあとがあった。

「なんでここに？」

目と同じぐらい、頬も赤くなっていた。

「書類を届けに……あの、もしかして泣いてます？」

「は？」

泣いてないし、と早田さんは声を裏返らせ、また咳きこんだ。

「そうですか、じゃあ」

背を向けると、なぜか後をついてくる。

「なんですか？」

「いや俺、中庭に休憩しにいくだけやし」

仕事中に、しかもあんなに怒られた後にそんなことしてていいんだろうかと思ったけど、今はそもそも休憩時間らしかった。休憩に入った直後にクレームの電話がかかってきて、わざわざ呼び戻されたのだという。

「さっきの、ひどくないですか？」

館内の自動販売機に小銭を落としている早田さんに声をかけたが、返事はなかった。落ちてきた缶を振りながら中庭に向かう早田さんの後を追う。早田さんは噴水の前のクリーム色の薔薇《ばら》が咲き乱れる脇にあるベンチに座り、一緒に来たわたしを見て、ものすごく迷惑そうな顔をした。怯《ひる》みつつ、おずおずと隣に腰をおろす。

「あれってパワハラじゃないですか？　前に電話してきた人ですよね」

「……男が女からパワハラなんかされへんよ」

そんなわけないだろう。パワハラに性別は関係ない。

「じゃあさっきのはなんだったんですか？　いくら早田さんが仕事ができないからって、あんな言いかた……」

そう言いかけて、思わず口ごもった。早田さんの首筋や耳たぶや頬が、みるみるうちに真っ赤になっていったから。

「は？　仕事ができへんとか、俺のことそういうふうに思ってたん？」

仕事ができない云々はわたしの感想ではなく、さっきの人の発言を再現しただけだったのだが、早田さんが「いやさっきあの人が言うてたやつ、ほんまは俺のミスちゃうから」と話しはじめたので、黙っていた。ほんとうは後輩の女性のミスだったけど、そのまま黙ってお説教されていたのだという。

「ちゃんと言えばよかったのに」

「いや俺の指示が悪かったっていうのもあるし、後輩のフォローするのも仕事のひとつやから、黙ってた」

「そんな……」

今日見たこと、誰にも言わんといてな、と釘《くぎ》を刺される。まわりまわって後輩の耳に届いたら、と懸念する早田さんは、ミスをした本人にはこのことを伝えないつもりらしい。

「でもそれだと、その後輩が自分がどういうミスをしたかわからないから、ためにならないのでは」

「けど、女の子やしな」

「関係ないです。女だって、仕事はちゃんと覚えたい」

反論しつつ、視界がクリアになっていくのを感じていた。この人はたぶん、「男は強くあらねばならない」と思い過ぎている。女の人ばかりの家で育って、女の人の多い職場にいて、男は女を守るもの、という思想を持っている。子どもの頃から、それが自分の役目だ、と思ってきた人だから。末っ子だけど長男で責任が云々、という話を聞いた瞬間はぴんとこなくて、焦点のずれた風景を眺めているみたいでもどかしかった。でも泣いているところをわたしに見られて狼狽する姿を見たあとではよくわかった。はじめてふたりで食事をした日、あれはやっぱり道に迷っていたのだ。そのことを、わたしにはどうしても知られたくなかったのだ。

早田さんは自分より若い女の人を「女の子」と呼ぶ。わたしにたいしてその言葉をつかった時もあった。だけどわたしもその後輩の人も、幼児じゃない。女の子だから、弱いから、できないだろうからと決めつけられて、成長する機会すら奪われる。そんなのはおかしい。

「でも早田さんも、泣くほどつらかったんですよね」

はじめて会った時、わたしは早田さんをきれいな人だと思った。なにか、まっすぐですこやかなものを連想させる人だった。それは今でも変わらない。そういうものですよ、と渡された価値観をそのまま素直に信じてすくすくと育った人のきれいさだ。

「泣いてへんって言うてるやん！」

上司に怒られて泣き、それだけならまだしもそのことをかたくなに認めない早田さんは、とてもかっこわるい。てんで見当違いな覚悟でかっこつけて後輩をかばおうとした結果であるところがまた、そのかっこわるさに拍車をかけてしまっている。

わたしの前でも、あの時も、あの時も、いつもいつも、早田さんはかっこつけていたのだ。「そしたら……つきあう？」も、いきなりファイナルステージに進もうとしたのも、きっとそうだ。がんばってかっこつけていたけど、その方向性が絶望的なまでに間違っていたんだ。

わたしはそんな人に「この人こそが、わたしの手をひいて歩いてくれる人」だという期待を押しつけていた。早田さんの弱いところやだめなところを、たぶん無意識のうちに、あえて見ないようにしてきた。

「ごめんなさい」とわたしが言うのと、早田さんが「もう戻らな」と腕時計をのぞきこむのは、ほぼ同時だった。

「早田さんのそういうところにもっとはやく気づけていたら、もっと違うふうになれたかもしれません。ごめんなさい」

全部ひっくるめて好きだったと語れる菊ちゃんみたいに、早田さんを好きになれたらよかった。

「……じゃあ、また」

わたしの声は小さすぎて、早田さんには届かなかったのかもしれない。立ち上がった早田さんは自分の頰をぴしゃぴしゃと叩いて、それからにっこり笑った。仕事中にいつも浮かべている、了さんが「好青年」と評する、例の感じの良い笑顔。わたしに向けられたものではなかった。これから職場に戻らないといけないから、表情をつくったのだ。笑顔は早田さんにとって鎧《よろい》なのだと、今になってようやく知る。でももう、遅すぎる。

クチュリエール・セルクルのドアに張り紙がしてあった。それを二度読んでから、ドアを開ける。

「万智子さん、おはよう」

了さんははじめて会った時と同じ、ふしぎな揺れかたをするスカートをはいていた。それとってもすてきよ、とわたしのブラウスをほめてくれる。きっとあなたに似合う、といつか言われた、故郷の海の色だ。

今日は予約が入っていなくて、郵便物と領収書の整理をしたらもうやることがなくなった。了さんがごちゃごちゃにしてしまいがちな抽斗の中のレースやリボン類の整頓でもしようかと開けてみたが、それは先週やってしまったのだった。

「そんなにせかせか働かないの。ね、お茶でも飲みましょう」と了さんは言うのだが、そのあいだにも時給が発生しているので、申し訳ない気分になってくる。

ならばせめておいしいお茶を淹れよう。慎重に湯を沸かし、紅茶の葉が開くのをじっくりと待つ。紅茶碗をふたつトレイに載せて入っていくと、作業室のテーブルに肘をついた了さんは手紙を開いて読んでいるところだった。

了さんにドレスをオーダーしたお客さんのほとんどが、お礼の手紙とともに結婚式の写真を送ってくる。幸福に満ちた光り輝くように美しい笑顔と、彼女たちのためにつくられたドレス。ここに通いはじめた頃は、とにかくそれらがまぶしかった。

ウェディングドレスを纏《まと》ったお客さんの写真を眺める了さんの口もとには、やわらかい微笑みが浮かんでいる。

「やっぱり、うれしいものですか」

「そりゃあね」

了さんが便せんを胸に抱くようにする。

「わたしには自分の子どもはいないけど」

さびしげな口調ではなかった。

「こんなふうに誰かの一生の記憶に残るものをつくってる。そのことが誇らしいの、なによりも」

「そうですね」

すてきです、と力をこめて言った。ほんとうに、心から、そう思っている。了さんにそれが伝わればいい。

「そういえば表の張り紙、見ましたよ」

ウェディングドレス教室生徒募集、と書いてあった。了さんもまた、新しいことをはじめるつもりらしい。自分のウェディングドレスを自分で縫うための教室だという。新しいアルバイトの人の手を借りて、まずは少人数から。

「何十年も、ひとりでやってきた。でも今になって誰かに伝えておきたくなってね。自分がやってきたこととか、そういうものぜんぶ。今さらかもしれへんけど」

「今さらなんかじゃないです」

ありがとう。微笑んで、了さんは紅茶に口をつける。

「でもあなたがここを辞めるのは、ほんとうに勉強のためだけ？」

早田さんのことを訊きたいのだと、すぐにわかった。

「早田さんのことは、もういいんです」

今のわたしには恋愛だとか、そんなことよりもっともっと大切なことがある。わたしは器用な人間ではないから、自分の目標を追いかけながら誰かとつきあうとか、誰かを幸せにするとか、そういうのはたぶん無理だし、だからそっちは諦《あきら》めたほうがいい。そう話しているわたしの手に、了さんの手がそっと重ねられた。

「それは違う、万智子さん」

「え」

「諦める必要なんてないのよ、ほんとうは」

「でも、了さんは自分の仕事を全《まっと》うするために、本多先生との将来を手放したんでしょう?」

「それは結果としてそうなっただけ。最初から諦めようとしてるあなたと一緒にせんといて」

つん、という感じで、了さんがそっぽを向いて、わたしの手を離した。あ、と焦るわたしを軽く睨んで、それからくすくす笑い出す。

「万智子さん。気弱なこと言わない。あなたはぜーんぶ手に入れてやるわ、ぐらいの気概でちょうどええのよ。好きな服を着て、好きな靴を履いて、好きな場所を目指しなさい。そして、そんなあなたを好きになってくれる人と出会って、めいっぱい幸せになりなさいよ」

自分の好みに合わせてくれるあなたを気に入ってくれる人じゃなくて、あなたが好きなあなたを好きになる人に、いつかきっと会える。その了さんの言葉を胸に抱きしめる。

「ね、お願いよ。万智子さん」

「わかりました」

わたしからもお願いがあるんですが、と言うと、了さんはかわいらしく首を傾げた。

「あら、なに？」

「わたしにもドレスのつくりかたを教えてほしいんです。ウェディングドレスじゃなくて、ベビードレスっていうんですか」

「あら」

「大切な友だちが、もうすぐ母親になるんです」

それはわくわくするね、と瞳を輝かせた了さんが胸の前で両手を合わせる。

じゃあそのお友だちもぜひ一緒に、と了さんに誘われて、わたしは次の「あつまり」に、菊ちゃんを連れていった。

場所は大阪駅近くのレストランで、看板のビストロ、のあとの綴《つづ》りが菊ちゃんもわたしも読めなかった。

「なんだろうね」

「うん。ええと、アン、ノウヴェ……？　なんだろう」

背後で誰かが、なにごとかを言った。振り返ると、美華さんが立っていた。店名を読み上げてくれたらしいのだが、聞きとれなかった。

Un nouveau pas.《アン・ヌーヴォ・パ》 ぽかんと口を開けているわたしたちのために、もう一度ゆっくり言ってくれた。

「新たな一歩、っていう意味やで」

あなたが菊ちゃんやね、歓迎するわ、と菊ちゃんの肩をがっしりと抱き、店の中に入っていく。さきにテーブルについていた了さんと冬さんがわたしたちに向かって手を振る。

あちこちに花が生けてあって、天井が高くて、高級感にあふれているのにふしぎと気後れせずに済む、落ちついた雰囲気のお店だった。グランドピアノが置いてあって、自動演奏の曲が流れている。

料理の注文は美華さんたちに任せた。見て、大阪のワインがある、と喜んでいる。三日月が描かれた美しいラベルの青い瓶を、店員さんが見せてくれた。

「最近、うちにも卸《おろ》してもらうようになったんですよ」

どうも店員さんの友人が営んでいるワイナリーらしい。

「天瀬《あませ》ワイナリーっていうんです。ふたごの姉弟でがんばってるんですよ」

その話のなにが美華さんの心を動かしたのかはよくわからないが、みんなの同意を得ずに「じゃあこれ」と勝手に注文を決めた。

「ボトルで」

「ボトルで?」

「あなたにはこっちね」

ソフトドリンクのページを開いて菊ちゃんに見せている。あまりのマイペースぶりに驚いている様子の菊ちゃんだったけど、すぐに場の雰囲気に馴染んだ。

「菊ちゃん、なんかあったらいつでも連絡して」

「うわ、心強いです」

デザートが運ばれてくる頃には、もうずっと前からの知り合いみたいに笑いあっていた。

菊ちゃんは、とくに冬さんと話が合うようだった。この中で唯一の出産と育児の経験者であるし、たしかに頼もしい。

「まあ、そんな構える必要ないって。なんとかなる」

菊ちゃんには万智子だっておるんやから、と冬さんがわたしに向き直る。

「万智子でも足りんかったら、私が手伝いにいくよ」

「じゃあ、わたしも」

了さんが片手を小さく上げる。美華さんは「そしたらわたしは、かわいいベビー服を送ってあげる」と言って、平たい皿の上のアイスクリームをすくった。

「アオザイとか」

なんでアオザイ、と思ったら、冬さんも同じことを口にした。

「なんでアオザイなん」

「わたし、ハノイに住むことにしたから」

「えっ」

「あと、結婚もする」

美華さんの恋人の赴任先が、今度はベトナムのハノイになったらしい。それで、一緒に暮らすことにしたのだという。

「仕事はどうするんですか」

了さんも冬さんも、今はじめてこの話を聞いたらしい。よほど驚いたらしく、どちらもぽかんとしている。

「向こうでもできる」

美華さんがきっぱり言うと、ふたりはようやく納得した様子で「ま、それもそうやね」

「美華ちゃん、海外進出やな」と頷き合った。

「さびしくなるけど」

「うん」

美華さんは一瞬目を伏せたけど、「一生会えなくなるわけではないもんね」とすぐに顔を上げた。赤い唇の両端がにいっと持ち上がって、いつもの華やかさがすぐに戻ってきた。

ハノイかあ、と呟いて、わたしはふらふらと立ち上がる。さっき「グラスに一杯だけ」とすすめられて飲んだワインのせいで足元がふわふわしていた。

トイレの鏡で確かめたら、ちょっと目の下が黒くなっていた。涙をこらえたつもりだったけど、やっぱりマスカラが滲んでいる。一生会えなくなるわけではないと美華さんは言ったけど、やっぱり今までのようにはきっと会えない。

メイクは魔法ではない、と教えてくれたことを思い出した。自信を持つぞ、と自分で決めろと言ってくれたことも。

美華さんの人生は美華さんのものだ。さびしいから行かないでください、なんて言えない。

「結婚する」と報告されたのに、わたしはさっき「おめでとうございます」と言えなかった。

はやくお祝いを言わねば。笑顔で。口の中でぶつぶつと練習しながらドアを開けると、トイレの前に早田さんが立っていた。

「えっ」

酔いがいっぺんに醒《さ》める、というのはこういうことなのだ。身をもって理解する。額につめたい汗が浮かぶ。

いつかどこかでばったり会う可能性だってなくはない、と思ってはいた。でもこんなにはやい段階でとは想定していなかったし、しかもトイレから出た直後などというまのぬけた状況も望んでいなかった。

「なんでここに」

「そっちこそ、なんでここに」

「……えっと、わたしは、了さんたちと」

指さそうとしたが、この位置からは彼女たちがいるテーブルが見えない。完全に死角になってしまっている。

「早、早田さんは」

「え、仕事やけど」

この店のオーナーが早田さんの勤務先の結婚式場である『Eternity』のオーナーと同じであることを、「レストランウェディングとかはこっちでやるし」という早田さんの説明によって知る。偶然だろうか。それとも知っていて了さんたちがここを選んだのだろうか。こっそり客席のほうをのぞこうとしていると、早田さんがすぐ後ろに立った。

「なにしてんの」

なつかしい匂いだった。早田さんはいつもこの洗い立ての衣服と歯磨き粉の匂いが混じった、清潔感のかたまりみたいな匂いを漂わせていた。

胸の奥が信じられないほど強く痛む。まだ好きだとか、そういうことではないとわかっている。嗅覚《きゆうかく》の刺激によって記憶がよみがえっただけだ。ただ隣にいるだけで、天にも昇るようだった当時の記憶が。

「な、なにも」

「ふうん」

元気？　早田さんがあらぬほうを見つめながら言うので、最初自分に言われているとわからなかった。誰かほかの知り合いがこっちに来たのかと思ったぐらいだ。

「元気です。早田さんは？」

「元気やで」

じゃ、また。わたしに背を向けて歩き出し、すぐに立ち止まる。早田さんが振り返って
「あのさ、もうしてないから」とよくわからないことを言い出す。

「してないって、なにを？」

「後輩のミスを勝手にかばってひとりで怒られてたことあったやろ。ああいうの、やめた。今は、一緒に謝ってる。で、そのあと同じミスが起きひんように対策を考えてる」

「そうですか」

「あの時、女の子でも仕事は覚えたいって教えてくれて、その……ありがとう」

テーブルにいた了さんが、早田さんに気づいた。早田さんは頭を下げて、外に出ていく。

「ねえちょっと、あれが早田？」

美華さんと冬さんが戻ってきたわたしの手を引く。

「そうです」

ふたりは口々に「さわやか」とか「でもナイーブそう」というような勝手な感想を述べる。なんだか力が抜けてしまって、どさりと椅子に腰をおろした。

早田さんは、どうしてわざわざ後輩云々のことをわたしに報告してきたんだろう。その後輩が好きなんや、とか、そういうこと？　なに？　そういう話？

もしそうだったら嫌だな、と思った自分に驚いた。すごく嫌だ。誰かの大きな手でわしづかみにされたように、心臓が痛かった。

「ねえ、あっちで話してたんじゃないの？　いいの？　行っちゃったよ？」

菊ちゃんが心配そうに、わたしの袖を引く。

「いいんだよ、もう終わったんだから」

力なく答えたわたしに向かって、了さんが「万智子さん！」と叫んだ。

「はいっ」

びくっと背筋を伸ばした。

「なにが終わったっていうの？　ええ？　はじまってもなかったくせに！」

あなたたちはほんまに、自分のきれいなところばっかり見せたがって、相手のきれいなところばっかり見たがって、ああもう！　歯がゆいこと、と了さんが言い募る。

「そうだよ、まっちん」

了さんの勢いに押されたのか、菊ちゃんまで頬を赤くしてわたしの腕を強く摑んだ。

「一回ぐらい、砂まみれになって殴りあってきなよ」

「そうやで、万智子。恋愛の上澄みだけ掬《すく》って味わうなんて、許さへんで」

冬さんまで楽しそうに身を乗り出している。

「行かへんかったら、もう『あつまり』に入れてやらんからな」

とうとう美華さんまで、にやにやしながらそんなことを言い出した。もうすぐハノイに行ってしまうくせに。

万智子、まっちん、という声に追い立てられるように店を飛び出して、早田さんをさがす。遠くにその姿を認めた瞬間、わたしは走り出していた。銀色のバレエシューズは走るのには向いていないけど、とにかく今、走らなければいけない。

「早田さん、待って」と叫んだつもりだったが、その声は笑ってしまうほど掠れて小さかった。でもなぜか早田さんが振り返って、わたしに気づいた。聞こえたはずはないのに、驚いた顔で駆け寄ってくる。

「どうした？　なんかあった？」

話がしたくて、と言いたいが、息が切れて、言葉が出てこない。

「あの……さっき、言ってたその、後輩の人と……早田さんはつきあって、いる、の、ですか？」

ようやく言えたと思ったら、声が震えた。

「今度は、その人に癒してもらうんですか？」

「は？　なんで？」

「なんなん？　なに言うてんの？」

本気で意味がわからないようだ。早田さんはしばらく口を開けていたが、それからブフッと噴き出す。

「あいかわらず謎にめんどくさいな、万智子の思考」

万智子、とたしかに呼ばれた。駒田さん、ではなく。

「あとどれぐらい話したら、わかるようになるんかなあ。万智子のこと」

早田さんは、わたしを理解したがっている。そう思ってもいいのだろうか。

「このあいだ言うてたやん。もっとはやく気づけていたら、もっと違うふうになれたかもしれへん、みたいなこと。ずっと考えとった。あれってどういう意味やったんかなとか、もう遅いんかなとか」

あの時わたしが言ったこと。早田さんには聞こえなかったのだと思っていた。それがちゃんと届いていたことと、今日まで考え続けてくれていたのだということの両方にびっくりして、声が出ない。

何百回話し合って、たくさんの時間と言葉を費やしたとしても、わたしたちがお互いを理解することなんて、できないのかもしれない。できたとしても、そのあとに生まれるのはきっと恋ではない。それでもわたしは、今度こそこの人に自分の言葉を伝えたかった。この人の話を聞きたかった。そこで生まれる恋以外のなにかは、わたしにとって恋に劣るものではないという確信がある。

相手のことが理解できなくても、ともにやわらかい砂の上を歩くことはできるだろうか。どちらかが手を引いて導くのでもなく、どちらかが相手の身体を支えるのでもなく、ただ同じ方向を見て歩いていくことは、できるだろうか。

「あの、早田さん」

呼吸を整えて顔を上げたわたしに早田さんが「犬」と呟く。

「え？」

「犬が来る」

早田さんの顔がひきつっている。見ると、数メートル先にたしかに犬をつれた女性がいる。

「もしかして、犬、こわいんですか」

「こわいってほどでもないけど……いや、こわいかな」

上の姉ちゃんも、と早田さんが言う。視線は犬に釘付けだった。

「犬が苦手で、歩いてる時に犬が来たらいつも『あんたは男やろ』みたいな感じで、盾にされてて。それから、よけいにこわくなった。ああっ来る、こっち来る、あ、ちょっと、どうしよ」

たいそう怯《おび》えているが、あの犬はどう見てもポメラニアンだ。小さくて真っ白でふわふわで、こわがるような犬ではないと思う。

「知らなかったんですけど、わたし、今まで」

「隠してたもん、ずっと」

いや、だってかっこわるいやん、と耳まで赤くしている。今までは犬に遭遇しそうな時にはさりげなく避けていたと震える声で告白されて、あらためて思い出す。レストランを目指して歩いていた時。モノレールに乗るためにホームに立っていた時。早田さんが突然方向転換をしたり移動したりする時、そこにはたしかに、いつも犬がいた。

一歩踏み出して、早田さんをかばうように立った。

早田さんはかっこよくなくて、わたしはめんどくさい、それを前提としてはじめたらいい。恋でなくても構わないから。犬はそんな早田さんとわたしには一瞥もくれない。軽快なステップを踏むような足取りで、かわいいしっぽを左右にぶんぶん振りながら去っていく。

解説——ヨタヨタと、でも、確実に

作家　井上荒野《いのうえあれの》

金色の何かが、主人公の上に降ってくるところから、この小説ははじまる。なんだなんだと思いながら読んでいくと、それはオーダーメイドのウェディングドレスに付けるレースやリボンだということが示される。だから現実なのだけれど、夢のような光景。祝福のようでもあり、本作を読み終えた今は、示唆《しさ》的なオープニングにも感じられる。

主人公は駒田万智子《こまだまちこ》。二十四歳。税理士事務所勤務。とりたてて美点はない（本人はそう思っている）。大きな欠点もない（本人にしてみれば、だめな点がいくつもある）。ああ、どこにでもいる、ふつうの女性だねと、多くの人は思うだろう。でも、もちろん「どこにでもいる、ふつうの女性」なんていうのはただの便宜上の、雑なカテゴリーであって、その中のひとりひとりは、もちろん万智子も、「そこにしかいない、唯一無二の女性」である。そのことが、この小説にはちゃんと書かれている。

寺地《てらち》はるなさんの文章は、平易でシンプルだ。でも、すぐれた小説（と、私が考えるもの）がみんなそうであるように、一行一行が、丁寧に考えて選ばれた言葉でできあがっている。たとえば、万智子が高校卒業後、大学に進学せず地元で就職した理由として「父は、『お金のことは気にするな』と言ったけれども、気にするに決まっている」という文章がある。「気にするに決まっている」。こんなざくっとした言い切りかたに、ハッとさせられる。ああ、そういう娘《こ》なんだな、と思う。そんなふうにして、私たちは駒田万智子という人を知っていく。万智子が私たちに近づいてくる、とも言える。

特別なことが起きる小説ではない。

万智子は税理士の本多《ほんだ》先生の助手として働きつつ、週に三日、ドレスサロンの了《りょう》さんの元で働くことになる。職場での日々、もうひとつの職場での時間、高校時代からの友人である菊《きく》ちゃんとの交流、あたらしい人間関係、そして恋。そんなことが、淡々とこの小説には綴《つづ》られていく。

万智子のプロフィール同様に、彼女の日常は、遠目に見れば、平凡である。でも、近づいて見れば、一瞬一瞬の万智子の心の揺れが伝わってくる。揺れは私たちの心も揺らす。平凡な日常、などと安心していることはできないのである。平凡な日常だって十分にスリリングでエモーショナルなのだ。あるいは、平凡ってなんだろう？　と考えてみたりもすることになる。

　万智子以外の登場人物たちもいい。

　私の一番のお気に入りは菊ちゃん。頑《かたく》なに弱みを見せようとしないところが、小さな野生動物みたいで、きゅんとくる。ちょっととぼけた本多先生、先生とは訳ありらしい、ひょうひょうとした了さん。

　了さんが定期的に「あつまり」をしている、冬《ふゆ》さんと美華《みか》さん。大阪弁で言いたい放題の、自由闊達《じゆうかったつ》な彼女たちもとても魅力的だ。それに、万智子が想いを寄せる男性、早田《はやた》さん。彼のことは後述しよう。

　この小説の主人公は万智子で、だから小説の構造的には、彼らが脇役であることは間違いではないのだが、彼らは、万智子のために存在しているのではない。彼ら自身の人生を、スリリングに、エモーショナルに生きている。そういうふうにこの小説には書かれている（意外と、そういうふうに書かれている小説は少ない）。だから百パーセントの「いい人」もいないし、百パーセントの「悪い人」もいない。

　だから私たちも、万智子同様に、彼らの言動に違和感を持ったり、その数ページあとで理解したり、「なんだこいつ」と思ったり、「いや、けっこう、いいやつじゃん」と思い直したりする。現実の人生と同じだ。いや、実際のところ、私たちは「なんだこいつ」で止まってしまうことも多い。ほんの少しの印象や、ほかからの情報や、世間的な評価で他人や他人の人生をジャッジして、自分の人生から排除したりする。そんなのってつまらないよね、と、この小説はあらためて気づかせてくれる。

万智子は現在を――私たちと同じ時代を生きている。そのことが、とても意識される小説である。私が万智子と同性、つまり女性である、ということも大きいだろう。日々の中で、万智子が覚える違和感の大半は、女性としての違和感だ。たとえば、高校時代に、同級生の男子が、廊下を行く女子生徒の容姿を「無邪気に、容赦《ようしゃ》なく」採点していたこと。万智子はそのことが忘れられない。「彼らの目に触れたくなくて、ベランダで身を縮めていた。点数をつけられることなど、とてもがまんならなかった。低くても嫌だし、わたしが高得点を叩《たた》き出せる容姿の持ち主だったとしても嫌だ。その行為そのものが耐えられなかった」

あるいは、早田さんとのデートの日に、それまでの万智子のイメージを覆《くつがえ》すような花柄のスカートを穿《は》いていったら、会うなり「すごいスカートやな」と言われたこと。それは「どちらかというと否定的な意味合いが籠《こ》もっている」呟《つぶや》きだった。似たような経験をした女性は多いのではないかと思う（私もある。ベレー帽を被《かぶ》っていったら、「何それ？」と言われたこととか）。

万智子は常に正しいわけではない。彼女にも、古い価値観、くだらない価値観から逃れられない部分がある。その価値観は、女性の「先輩」である了さんや冬さん、美華さんとのかかわりの中で少しずつアップデートしていく。

アップデートするにつれ、違和感を覚える場面は増えていく。万智子は最初、それをあまり口に出さない。こんなのはたいしたことじゃない、こだわる自分が変なんだ、と思おうとする。それから、万智子は変わっていく。小さな出来事の積み重ねで。人と人との関係性の中で、そのときどきに考え、悩み、決断し、あるいは決断できなかったことで。それは、まっすぐな変わりかたではなくて、行きつ戻りつの、ヨタヨタした変化だ。そういう彼女の姿を、この小説は丁寧に描き出す。そうして私たちに、世界の姿を伝える。ひとりひとりの変化によって、行きつ戻りつ、ヨタヨタと、でも、確実に変わっていく（変わっていかなければならない）世界の姿を。早田さんの造形、万智子と彼との関係の描きかたが秀逸だ。素敵なラブロマンスではなく、クズ男との決別でもなく、本書のような顛末《てんまつ》を書いた小説は少ないのではないだろうか。早田さんもまた、少しずつ、ヨタヨタと変わっていくのである。

「街を歩く時、いつも砂のことを思い出す。（中略）生まれ育ったのとは違う場所で、知り合いもほとんどいない。そんな場所で暮らすことは、やわらかい砂の上を歩くように心もとないことだ」。冒頭近くで、こう述懐した万智子は、ラスト近くで、菊ちゃんと一緒に故郷鳥取の砂丘を歩く。菊ちゃんに起きたある出来事を万智子は理解し、菊ちゃんを応援する決意を胸に秘めながら、最初は手を繋《つな》いで、でもすぐに手を離して「ためらいなく繋いだ手を離せるように、隣を歩いている人を信じる。自分の足でしっかり立つ」「そのことを、忘れないでいよう」と思いながら、歩いていく。印象的な、心に染《し》み入るシーンである。

謝辞

この物語の執筆にあたり、快く取材を引き受けていただいたレイコ・森オートクチュールドレスサロン様に、心から感謝いたします。「美しくなる」ということは、他の誰かのようになることを目指すのではなく、自分が自分のまま世界と向き合う力を得ることなのだと、この取材を通して知りました。
ほんとうにありがとうございます。

筆者

この作品『やわらかい砂のうえ』は令和二年七月、小社より四六判で刊行されたものです。

やわらかい砂のうえ

一〇〇字書評

切り取り線

購買動機（新聞、雑誌名を記入するか、あるいは○をつけてください）	
□（　　　　　　　　　　）の広告を見て	
□（　　　　　　　　　　）の書評を見て	
□ 知人のすすめで	□ タイトルに惹かれて
□ カバーが良かったから	□ 内容が面白そうだから
□ 好きな作家だから	□ 好きな分野の本だから

・最近、最も感銘を受けた作品名をお書き下さい

・あなたのお好きな作家名をお書き下さい

・その他、ご要望がありましたらお書き下さい

住所	〒				
氏名		職業		年齢	
Eメール	※携帯には配信できません	新刊情報等のメール配信を 希望する・しない			

この本の感想を、編集部までお寄せいただけたらありがたく存じます。今後の企画の参考にさせていただきます。Eメールでも結構です。

いただいた「一〇〇字書評」は、新聞・雑誌等に紹介させていただくことがあります。その場合はお礼として特製図書カードを差し上げます。

前ページの原稿用紙に書評をお書きの上、切り取り、左記までお送り下さい。宛先の住所は不要です。

なお、ご記入いただいたお名前、ご住所等は、書評紹介の事前了解、謝礼のお届けのためだけに利用し、そのほかの目的のために利用することはありません。

〒一〇一－八七〇一
祥伝社文庫編集長　清水寿明
電話　〇三（三二六五）二〇八〇

祥伝社ホームページの「ブックレビュー」からも、書き込めます。
www.shodensha.co.jp/bookreview

祥伝社文庫

やわらかい砂《すな》のうえ

令和 6 年 1 月 20 日　初版第 1 刷発行

著　者　寺《てら》地《ち》はるな
発行者　辻　浩明
発行所　祥伝社《しょうでんしゃ》
東京都千代田区神田神保町 3-3
〒101-8701
電話　03（3265）2081（販売部）
電話　03（3265）2080（編集部）
電話　03（3265）3622（業務部）
www.shodensha.co.jp
印刷所　萩原印刷
製本所　ナショナル製本
カバーフォーマットデザイン　芥 陽子

Printed in Japan ©2024, Haruna Terachi ISBN978-4-396-35029-1 C0193

祥伝社文庫の好評既刊

井上荒野
赤へ
ふいに浮かび上がる「死」の気配。そのとき炙り出される人間の姿とは。直木賞作家が描く、傑作短編集。

井上荒野
ママナラナイ
老いも若きも男も女も、心と体は刻々と変化する。ままならぬ、制御不能な心身を描いた、極上の十の物語。

垣谷美雨
子育てはもう卒業します
就職、結婚、出産、嫁姑問題、子供の進路……ずっと誰かのために生きてきた女性たちの新たな出発を描く物語。

垣谷美雨
農ガール、農ライフ
職なし、家なし、彼氏なし——。どん底女、農業始めました。一歩踏み出す勇気をくれる、再出発応援小説！

垣谷美雨
定年オヤジ改造計画
鈍感すぎる男たち。変わらなきゃ、長い老後に居場所なし！　長寿時代を生き抜くための〝定年小説〟新バイブル！

原田マハ
でーれーガールズ
漫画好きで内気な鮎子《あゆこ》、美人で勝気な武美《たけみ》。三〇年ぶりに再会した二人の、でーれー（ものすごく）熱い友情物語。

祥伝社文庫の好評既刊

近藤史恵　スーツケースの半分は

あなたの旅に、幸多かれ——青いスーツケースが運ぶ〝新しい私〟との出会い。心にふわっと風が吹く幸せつなぐ物語。

近藤史恵　新装版　カナリヤは眠れない

彼女が買い物をやめられない理由とは？　身体の声が聞こえる整体師・合田力が謎を解くミステリー第一弾。

近藤史恵　新装版　茨姫《いばらひめ》はたたかう

臆病な書店員に忍び寄るストーカーの素顔とは？　迷える背中をそっと押す、整体師探偵・合田力シリーズ第二弾。

近藤史恵　新装版　Shelter《シェルター》

殺されると怯える少女——秘密を抱える姉妹の再出発の物語。心のコリをほぐす整体師探偵・合田力シリーズ第三弾。

瀧羽麻子　あなたのご希望の条件は

転職エージェントの香澄は、自身の人生に思いを巡らせ……。すべての社会人に贈る、一歩を踏み出す応援小説。

柚月裕子　パレートの誤算

ベテランケースワーカーの山川《やまかわ》が殺された。被害者の素顔と不正受給の疑惑に、新人職員・牧野聡美《まきのさとみ》が迫る！

祥伝社文庫の好評既刊

原田ひ香　ランチ酒

バツイチ、アラサーの犬森祥子。唯一の贅沢は夜勤明けの「ランチ酒」。疲れを癒す人間ドラマ×グルメ小説。

原田ひ香　ランチ酒　おかわり日和

犬森祥子が「見守り屋」の仕事を始めて約一年。半年ぶりに元夫と暮らす小三の娘に会いに行くが……。

小野寺史宜　ひと

両親を亡くし、大学をやめた二十歳の秋。人生を変えたのは、一個のコロッケだった。二〇一九年本屋大賞第二位！

小野寺史宜　まち

幼い頃、両親を火事で亡くした瞬一は、高校卒業後祖父の助言で東京へ。下町を舞台に描かれる心温まる物語。

五十嵐貴久　愛してるって言えなくたって

一時の迷いか、本気の恋か？　妻子持ち三十九歳営業課長×二十八歳新入男子社員の爆笑ラブコメディ。

岩井圭也　文身

己の破滅的な生き様を、私小説として発表し続けた男の死。その遺稿に綴られていた驚愕の秘密とは……。